U0873393

中国古典诗词精品赏读

陶渊明

陈桥生 编著

五洲传播出版社

图书在版编目（CIP）数据

中国古典诗词精品赏读丛书. 陶渊明 / 陈桥生著. -- 北京：五洲传播出版社，2023.1

ISBN 978-7-5085-4971-2

Ⅰ. ①中… Ⅱ. ①陈… Ⅲ. ①陶渊明（365-427）－古典诗歌－诗歌欣赏 Ⅳ. ①I207.2

中国版本图书馆CIP数据核字(2022)第227208号

编　　著：陈桥生
图片编审：迟乃义
责任编辑：王　峰
装帧设计：田　林

中国古典诗词精品赏读丛书

陶渊明

出版发行：五洲传播出版社
地　　址：北京市海淀区北三环中路 31 号生产力大楼 B 座 6 层
邮　　编：100088
发行电话：010-82005927　010-82007837
网　　址：http://www.cicc.org.cn　http://www.thatsbooks.com
制　　作：北京原色印象文化艺术中心
印　　刷：北京市房山腾龙印刷厂
版　　次：2023 年 1 月第 1 版第 1 次印刷
开　　本：720 × 965 mm　1/16
印　　张：7.75
字　　数：53 千字
定　　价：56.00 元

编 者 的 话

中国在历史上是一个“诗歌的国度”，古典诗词是中国传统文化的奇葩。早在三千年前，我们的祖先就创作出了以“诗三百”为代表的优秀诗篇。此后每个历史年代，诗歌创作都结出丰硕的成果，其中不少名篇名句，脍炙人口，传诵至今。这套“中国古典诗词精品赏读”书系，选取了历史上最具代表性的诗人、词人的优秀作品，并加以详尽通俗的译注、评解，试图由此将古代中国人创造的最可珍贵的文化瑰宝介绍给当代海内外读者。

以“国风”为代表的《诗经》和以《离骚》为代表的楚辞，无论是在思想内容上还是在艺术手法上，都对中国后世诗坛产生了深远影响。中国诗歌至唐代而达到高峰，呈现出后人所称誉的“盛唐气象”和“少年精神”，而从李白、杜甫等诗人身上，从他们留下的诗歌中，不难看出“风”“骚”以来优秀传统的回响。他们都有强烈的现实关怀，关注国家、社会、民众等问题；而这种主题，往往是诗人通过自己的人生境遇和心灵历程去感悟，通过描绘自然界山川万物、人间世事民情来体现的。在唐诗的辉煌之后发展起来的宋代诗歌，成就也相当高，但最能表现此年代文学特殊成就的是词。宋代优秀的词家把这种长短句诗体运用到出神入化的地步，那或慷慨激昂、或委婉凄清的词作，今天读来仍有强烈的艺术感染力。可以说，唐诗宋词是中国文学史上最有神采的篇章。本书系介绍的诗人、词人，如东晋的陶渊明，唐代的李白、杜甫、王维、白居易、刘禹锡、杜牧、李商隐，五代南唐的李煜，宋代的苏轼、柳永、秦观、李清照、辛弃疾、陆游，元代的萨都剌，等等，都是中国诗歌史上耀眼的星座。

中国古代诗歌注重抒情、写景，善于表现友情、亲情、爱情、乡情，以及其他复杂细微的个人情感。这形成中国诗歌又一个强大的传统。在儒家思想影响下，中国诗歌几乎从一开始就具有“发乎情，止乎礼义”的特点，情感的表达比较克制、内敛、含蓄，有别于西方的诗歌风格。与此同时，中国诗人们又强调“含不尽之意见于言外”，善于通过各种艺术手法传达言外之意，给读者以无穷的回味、想象空间。古代诗词中的优秀之作往往写得深情宛转，富于形象性和音乐性，诵读这些诗词，可以受到多层次的艺术感染和美的熏陶。古典诗词还善于表现自然之美及人与自然的融合。古人常说“诗中有画，画中有诗”，本书系中的每首作品，都配以当代画家根据诗词意境绘制的中国画，通过欣赏这些诗、画，可以更深刻地领悟到中国古代艺术作品中的诗情画意，品味其艺术之美。

除了“诗情画意”的特色外，本书系以各位诗人、词人单独成册，以更清楚地展示其不同的个性和艺术风格；各分册包括诗人小传与作品赏析两部分。对每篇作品的赏析，又分为题解、句解、评解三个章节：题解交代创作背景；句解用现代语文对诗词进行逐句意译，对某些难懂的字词作注释；评解部分则提要钩玄，对作品特色进行点评。我们的本意，首先是帮助读者减少阅读中的文字障碍，继而是理解诗词的思想内容、艺术特色和写作技巧。

中国古代经典诗篇把汉语升华到至美至纯的境界，足以使每个中国人感到自豪。这些作品是联接所有炎黄子孙思想、情感的文化纽带，无论身在国内，还是身在海外，优秀的诗歌对读者的感召力都是相通的。一个喜爱祖国传统文化的人，可能会不断地接触和学习祖先的这些遗产。久而久之，这些优秀文化中的一部分会积淀下来，构成每个人头脑中一道美丽的艺术长廊，不断给人以教益、激励和艺术享受。我们期望，本书系所介绍的诗词名篇能够成为这道艺术长廊的组成部分。

本书系所介绍的诗人、词人，都各有很多传世名篇，限于篇幅，书中每人只选取了二三十首代表作品。限于编辑水平，书中会有种种不尽如人意之处，敬请读者朋友提出宝贵意见。

目录

陶渊明简介

有的作家主要是以作品吸引读者，其为人和事迹一般读者并不特别关注；而有的作家，除了作品之外，他的为人和事迹同样为读者津津乐道。陶渊明就属于后一类。我们熟悉他的许多故事，如蓄无弦琴的故事、不为五斗米折腰的故事、白衣人重阳节送酒的故事、拒绝檀道济馈赠的故事，等等。这些故事和他的作品结合在一起，便共同描述出一个活生生的人，正是这个人连同他的作品深沉地感染了我们，也使得他自身成为一个恒久的话题。

陶渊明（365–427），字元亮，一说名潜、字渊明，浔阳柴桑（今江西九江西南）人。他生活在晋宋易代之际十分复杂的政治环境之中。他的曾祖父陶侃曾做过晋朝的大司马；祖父做过太守；父亲大概官职更低一些，而且在陶渊明幼年时就去世了。母亲是晋代名士孟嘉的女儿。陶渊明的生平、思想、性格，从他所写的《五柳先生传》里可以大概知道。

陶渊明在柴桑的农村里度过了少年时代，那里离庐山不远，附近的栗里也是他常游的地方。唐朝大诗人白居易曾经到那里访寻陶渊明的旧宅，说："今游庐山，经柴桑，过栗里，思其人，访其宅。"（《访陶公旧宅诗序》）又赞叹那一带的风景说："常爱陶彭泽，文思何高玄……今朝登此楼，有以知其然。大江寒见底，匡山青倚天。深夜湓浦月，平旦炉峰烟。清辉与灵气，日夕供文篇。"（《题浔阳楼》）他认为陶渊明生长在那样优美的环境里，所以文思那么高超玄妙。

陶渊明少年时家境已经衰落，"弱年逢家乏"（《有会而作》），"弱冠逢世阻，始室丧其偏”（《怨诗楚调示庞主簿邓治中》），但究竟是做官人家，家里还有“方宅十余亩，草屋八九间，榆柳荫后檐，桃李罗堂前”（《归园田居》）。所以他小时候可以读书，可以有空暇去领略那里的山川风物。陶渊明后来离开家乡外出做官，看到当时官场的恶浊，就想到故乡山水的优美，“静念园林好，人间良可辞”（《庚子岁五月中从都还阻风于规林》），对故乡产生深切的怀念。

陶渊明二十九岁时，因亲老家贫，曾出任江州祭酒之职，那时他父亲早死了，他已经结婚，有了孩子，家累重了，去做官只是为了救穷，并不是为了想实现自己的理想，不久就辞官回家。他三十岁那年死了妻子，可能就是在妻子死时辞官的。隔了一些时候，州里又召他去做主簿，他拒绝了，宁可在家里种田以自给。

当时的东晋政权，此前因谢安秉政，维持了十几年相对稳定的局面，此时司马道子与王国宝专权，与王恭、殷仲堪一党互相牵制，政治日趋腐败。陶渊明三十三岁这一年，晋孝武帝被杀，新立的安帝是个白痴，从此东晋社会陷入了悍将和士族互相攻伐的混乱之中。先是王恭、殷仲堪和司马道子、王国宝在混战中两败俱伤，接着是孙恩造反，司马元显专权。桓玄诛元显后，于元兴二年（403）十二月篡位，改国号曰楚，并将安帝迁到浔阳。次年刘裕起兵讨伐桓玄，入建康，任镇军将军，掌握了国家大权，兴复晋室。此时陶渊明又出任刘裕的参军，在赴任途中写了《始作镇军参军经曲阿作》。他的心情很矛盾，一方面觉得时机到来了，希望有所作为，“时来苟冥会，婉娈憩通衢”，另一方面又眷恋着田园生活，“聊且凭化迁，终返班生庐”。

这时刘裕正集中力量讨伐桓玄及其残部，陶渊明在刘裕幕中难有所作为。到了第二年即安帝义熙元年（405），他便改任建威将军江州刺史刘敬宣的参军，这年八月又请求改任离家更近的彭泽县县令。上任仅八十余日，一天郡里派督邮来县视察，官吏都要前往迎接，陶渊明称：“吾不能为五斗米折腰，拳拳事乡里小人邪！”当天即解绶去职。这个时期所作的《归去来兮辞》说出了他辞官更深刻的原因：“归去来兮，请息交以绝游，世与我而相违，复驾言兮焉求！”他彻底觉悟到世俗与自己崇尚自然的本性是相违背的，他不能改变本性以适应世俗，再加上对政局的失望，于是坚决地辞官隐居了。

辞彭泽令，是陶渊明一生前后两期的分界线。此前，他不断在官僚与隐士这两种社会角色中作选择，隐居时想出仕，出仕时又要归隐，心情很矛盾。辞彭泽令后，他坚定了隐居的决心，一直在家乡过着躬耕隐居的生活。其后二十多年间，他又经历刘宋代晋的政治大变动，刘裕有诏征他为著作郎，他称病不赴。后来人们也称他为陶征士，表示他是受到朝廷征聘的人。尽管因生活艰难，“遂抱羸疾”，但始终不肯改变固穷守节的志向。

义熙十四年（418），江州刺史王弘仰慕陶渊明的名望，想跟他结交，亲自前来访问，陶渊明推说有病，不肯相见。后来他对人说：“我的性情跟世俗不合，又因害病呆在家里，并不要卖弄什么高洁的志趣来追求声名，哪里敢让王公的车子绕到这儿来以显示我的荣耀呀！”王弘打听到他要到庐山去，就派朋友庞通之等带了酒，在半路上等他。陶渊明并不推辞，就跟朋友们一起在亭子里喝酒，酒喝得很高兴，不想往前走了。这时，王弘才出来跟他相见，一起高兴地喝酒。陶渊明没穿鞋子，王弘要手下人替他做一双；没有脚的尺寸，陶渊明就把脚跷起来让人量。王弘请他进城，问他坐什么，他说脚有毛病，坐竹轿，就叫一个门生和两个儿子用竹轿抬着他进城。到刺史衙门里，谈笑自如，丝毫没有羡慕富贵的神气。后来王弘要见他，往往到树林边、湖边守候。有时候知道他没有酒喝，家里没有米，就叫人拿酒和米去送给他。

陶渊明刚归耕时，生活还过得去。但时间长了，又连遭火灾、天灾，就不免经常挨饿。他晚年的心情是愤慨的，也是寂寞的。宋文帝元嘉三年（426），檀道济做江州刺史，慕他的名望前来拜访。那时陶渊明已饿得又瘦又病，卧倒起不来。檀说：“贤人出处，天下无道就隐居，有道就出来。你生在当今盛世，为什么要如此为难自己呢？”陶渊明答：“我怎么敢比贤人，我的志趣够不上呀！”檀道济送给他粮食和肉，他挥手叫檀拿走，不肯接受。也许由于衰弱多病，心情恶劣，他不再愿意和这位新任江州刺史的贵人打交道了，更不再有什么怕得罪贵人的顾虑了。

宋文帝元嘉四年（427），陶渊明在寂寞中去世，享年六十三岁。去世前，他写了那篇有名的《自祭文》，文章最后说：“人生实难，死如之何？呜呼哀哉！”这成为他的绝笔。死后，他的朋友颜延之等认为他“宽乐令终（寿终）”“好廉克己”，私谥他为“靖节征士”。颜延之还写了一篇《靖节征士诔》哀悼他，这篇诔文是研究陶渊明的重要资料。

前人称陶渊明为“隐逸诗人之宗”。他的隐逸并不只是一种避世行为，与他同时和前代的隐士都大不相同，而具有深刻批判社会现实的积极意义。当他决计归隐的时候，东晋其实并无真正的隐士，士大夫普遍放达虚诞、骛求名利。桓玄篡位时，找人冒充隐士，“以前世皆有隐士，耻于己时独无，求得西朝隐士安定皇甫谧六世孙希之，给其资用，使隐居山林；征为著作郎，使希之固辞不就，然后下诏旌礼，号曰高士，时人谓之‘充隐’”（《资治通鉴》卷一一三）。当时号为“浔阳三隐”之一的周续之，也被刺史请出讲《礼》校经，受到陶渊明的嘲笑。在这样的时代风气中，陶渊明始终坚持不与统治者同流合污的态度，极其难能可贵。

出处仕隐是古代中国士人首先面对的人生抉择，这一抉择直接关系到士人如何实现人生的价值，如何安身立命，如何处理个人与他人、个人与社会、个人与自然的复杂关系。多数士人会选择出仕，只有极少数选择归隐。就整体而言，仕是士人生命的主旋律，隐是士人生命的变奏；仕是士人生命的基调，隐是士人生命的变调。再则，从热衷于仕宦的士人来看，他们的心灵深处未尝没有拂袖绝尘的心理潜流；而那些身在林泉的士人，他们的心灵深处未尝没有建功立业的豪情壮志。仕与隐像八卦中的阴阳鱼一样构成了中国古代士人、诗人心理的两大情结，这盘踞在士人心灵深处的两大情结之间保持着一种动态的平衡，时而相安无事，时而激烈交锋。陶渊明的一生，就是仕宦情结与田园情结反复交替与激烈碰撞，在“贫富常交战”中最终固守穷节的一生。

陶渊明的归隐，不仅仅是避世独善、洁身自好，更是有意识地寻求人生的真谛，以自己的行动为这个黑暗污浊的世界留下一线光明和正义。从少年时代起，他便深受儒家思想的熏陶，形成了大济苍生、匡时济世的壮志。陶诗中引用儒家经典很多，仅引用《论语》就达三十七处。同时，他也接受老庄、玄学、佛学等思想的影响，比如他诗文中有七十篇用了老庄的典故，达七十七处之多。但他并不沉溺于老庄和玄谈，他其实是一个很实际的、脚踏实地的人，做县吏有劝农之举，做隐士又坚持力耕，与虚谈废务、浮文妨要的玄学家不同。他住在庐山脚下，距离名僧慧远的东林寺很近，他的朋友刘遗民与慧远关系密切，陶诗中偶尔也可见到有佛教色彩的词语，但他并非佛教徒，并且与慧远保持着距离。佛教是对人生的一种参悟，陶渊明参悟人生而与佛教暗合的情形是有的，但他是从现实的人生中寻找意义和乐趣，不相信来世，这与佛教迥异。在不惧怕死亡这一点上，他和一些高僧近似，但其思想底蕴仍有很大差异。他是抱着“纵浪大化中，不喜亦不惧”的态度对待死亡，与佛教之向往极乐世界大相径庭。他所思考的都是有关宇宙、历史、人生的重大问题，如什么才是真实的？历史上的贤良为什么往往没有好结果？人生的价值何在？怎样的生活才算完美？如何对待死亡？等等。他的思想既融会了儒道两家的思想，又来自亲身参加生产劳动的生活实践，具有独特的视点、方式和结论，而他思考的结论，又往往付诸实践身体力行。

初归田园时，他深感“久在樊笼里，复得返自然”的快乐，“漉我新熟酒，只鸡招近局”的生活在他看来是充满诗意的。“晨兴理荒秽，带月荷锄归”的辛勤耕作使他与农民融洽相处、亲密无间，并产生共同的思想感情：“时复墟曲中，披草自来往。相见无杂言，但道桑麻长。桑麻日已长，我土日已广。常恐霜霰至，零落同草莽。”（《归园田居》）同时他也渐渐体会到田家的苦处：“山中饶霜露，风气亦先寒。田家岂不苦，弗获辞此难。四体诚乃疲，庶无异患干。”（《庚戌岁九月中于西田获早稻》）从田家乐到田家苦，是陶渊明思想的一大飞跃。也正是在这一认识基础上，他悟出了民生以勤为先，以衣食为端，方能返朴归真的根本道理。这种主张力耕的自然有为论，既包括了对儒家孔门不亲耕稼的否定，也包括了对老庄无所作为的否定，这是陶渊明在长期的生产劳动实践中摸索出来的人生真谛。

陶渊明通过劳动认识到“民生在勤，勤则不匮”的道理，但事实上他虽然多年亲力耕作，却总是“箪瓢屡罄，絺绤冬陈”（《自祭文》）。勤劳没能使他常得温饱，这就促使他进一步思索自己所探寻的人生之道在实际生活中碰壁的原因，并把它和社会人事联系起来考虑，从而产生桃花源的理想。这是一个农民通过共耕就可以获得温饱的平等社会，虽然只是一个乌托邦，但它是陶渊明毕生寻求的人生真谛的反映。从先秦以来，很多进步文人都对社会现实作过不同程度的批判和否定，但是能够在躬耕的实践中，正面提出人生真谛和社会理想的，却只有陶渊明一个。

陶渊明也是魏晋风流的代表之一。魏晋风流是魏晋士人所追求的一种人格美，或者说是他们所追求的艺术化的人生，用自己的言行、诗文使自己的人生艺术化。以世俗的眼光看来，陶渊明的一生是很“枯槁”的，但以超俗的眼光看来，他的一生却充满艺术气息。他的《五柳先生传》、《归去来兮辞》、《归园田居》、《时运》等作品，都是其艺术化人生的写照。他求为彭泽县令和辞去彭泽县令的过程，对江州刺史王弘的态度，抚弄无弦琴的故事，取头上葛巾漉酒的趣闻，也是其艺术化人生的表现。而酒，则是其人生艺术化的一种重要媒介。萧统说陶诗“篇篇有酒”，在诗歌中大量地写酒，确以陶渊明为第一人。此前阮籍虽然也好饮酒，并且酒在他的生活中占有重要位置，但酒对其诗歌的影响毕竟还是间接的。陶渊明却把酒和诗直接连在一起，从此，酒和中国文学发生了更密切的关系。他以《饮酒》为题一口气写了二十首诗，写尽了饮酒时的心境，或借饮酒以求得性情的真，表现隐居的得意和对世俗的轻蔑；或借酒来排遣苦闷，或借酒醉来放言。

归隐田园的生活扩大了陶渊明的诗歌题材，使他成为中国田园诗的开创者。他的作品今存诗一百二十一首，赋、文、赞、述等十二篇。其中描绘田园生活的篇章，是他最富特色的代表作。前此的诗歌创作中，并不是没有表现农村生活的，《诗经》中的《七月》等篇就是。但那是“国风”民歌，文人作品中则基本没有。陶渊明的同时代诗人，把山水带入诗歌中来，但是山川林木对他们来说只是审美对象、观赏对象，在短时间的游览观赏中，牵动情怀，流连忘返。他们向往山林，甚至隐遁山居。但是山林与他们的关系，是被观赏者与观赏者的关系。他们虽身在自然之中，而其实心在自然之外。他们只是从自然中得到美的享受，得到宁静心境的满足。他们与自然并未融为一体。我们读金谷宴集的诗，读兰亭修禊的诗，了解到他们在山水的美面前，有许多感受、许多思索，但是他们与山川的关系，仍然是主客的关系，并未达到物我合一的境界。其中主要的一个原因，是他们并未生活在其中，他们另有一套自己的生活，山水只是其生活的一种点缀。

陶渊明就完全不同。他不是优游山林的富足名士，自然对他来说，不只是审美的对象，也是生活的需要。对于田园来说，他不是欣赏者、旁观者，他就生活于其中，与之融为一体。他看自然，已经不只是山川林木，而是田垄村巷、牛羊鸡犬，是村落田园生活中的自然。他的诗里，没有过多言及他对山川的美的感受，但那美的感受却实实在在地流注在字里行间。山间的霜露，村落的炊烟，扶疏的林木，以至微雨好风，狗吠鸡鸣，无不与他的心灵相通，与他的生命一体。他不必特意追寻山川的美，因为山川的美就在他的生活之中。明代钟惺在评论陶诗《丙辰岁八月中于下潠田舍获》时说：“陶公山水朋友诗文之乐，即从田园耕凿中一段忧勤讨出，不别作一副旷达之语，所以为真旷达也。”（《古诗归》）陶渊明之所以开创了田园诗，使田园生活成为后来诗文的一个重要题材，原因就在于此。但后代崇尚隐逸的士人，大抵只是暂时归隐田园而已，将田园当作暂栖之地，亦仕亦隐，甚而只是将田园生活当作一种寄托闲情逸趣的理想生活，而很少有人是像陶渊明那样真正过田园生活的。

在中国文学史上，陶渊明的又一大贡献，是创造了一种情味、韵味极浓的冲淡之美。这种冲淡之美，就创作而言，既是一种意境的追求，也是一种语言的追求，“一个诗人只有当他善于把自己的东西放进诗中，只有当他开始用自己的诗的语言说话的时候，他才是一个诗人”（伊萨柯夫斯基《谈诗的技巧》）。陶诗节奏舒缓而沉稳，给人以蔼如之感；陶诗多用内省式的话语，坦诚地记录诗人内心细微的波澜，没有夺人的气势，没有雄辩的力量，也没有轩昂的气象，却如春雨一样慢慢地渗透到读者的心中。他的诗不追求强烈的刺激，没有绚丽的色彩，没有曲折的结构，纯是自然流露，但因其人格清高超逸，生活体验真切深刻，所以只须原原本本地写出来，就有久而弥淳的诗味，有强烈的感染力。这样一种精神境界，留给读者无尽的向往，而美的感受正在这无尽的向往之中。他表现这样一个意味无穷的冲淡的美的境界，用的是与之相称的近于口语的质朴言辞，如“种豆南山下”、“今日天气佳”、“青松在东园”、“秋菊有佳色”、“悲风爱静夜”、“春秋多佳日”，都明白如话。然而，平淡之中可见绮丽。平平常常的事物一经诗人点化便顿时具有了生活情趣，其魅力在于性情的自然流露，在于它内在的感情力量。当然，陶诗的语言并不是未经锤炼，只是他锤炼得不露痕迹，显得特别平淡自然，正如金人元好问所称赞：“一语天然万古新，豪华落尽见真淳。”（《论诗绝句》）“及时当勉励，岁月不待人”、“日月掷人去，有志不获骋”、“蔼蔼堂前林，中夏贮清阴”，“待”字、“掷”字、“贮”字，都是常见的动词，看似平淡，但用在这些诗句中，却又显得异常有神采，陶诗的这个特点，苏东坡十分精辟地概括为“质而实绮，癯而实腴”（《与苏辙书》）。

陶渊明在创作方面的这些追求，当时并未进行理论上的表述，后来由《诗品》的作者钟嵘总结为“自然英旨”说、“直寻”说，上升到了理论的高度。钟嵘或许并未意识到陶渊明乃是这一审美标准的最早创立者，但事实是，他作为艺术理想提出的这一标准，陶渊明早已付之创作实践了。

魏晋诗歌到陶渊明这里达到了一个新的高峰。东晋建立后一百年间，从建安、正始、太康以来诗歌艺术正常发展的脉络中断了，诗坛几乎完全被玄言诗占据，诗歌偏离了艺术，变成老庄思想的枯燥注疏。陶渊明的出现，才使诗歌艺术的脉络重新接上，并且增添了许多新的充满生机的因素。陶诗沿袭魏晋诗歌的古朴作风而进入更纯熟的境地，像一座里程碑，标志着古朴的诗歌所能达到的高度。陶渊明又是一位创新的先锋，成功地将“自然”提升为一种美的至境，将老庄玄理改造为日常生活中的哲理，使诗歌与日常生活相结合，并开创了田园诗这种新题材。他的清高耿介、洒脱恬淡、质朴真率、淳厚善良，他对人生所作的哲学思考，连同他的作品一起，为后世的士大夫筑起一个不朽的精神家园。

陶渊明在寂寞中死去，他留下来的诗文，在当时也很少有人赏识。直到死后一百多年，才有梁代萧统加以搜集整理，并为之写序、作传，编成《陶渊明集》，影响逐渐扩大。萧统所编陶集已经佚失，但此后的陶集多在此基础上重编而成。陶诗的艺术成就从唐代开始受到推崇，但他被确认是中国诗史上的“头等人物”（鲁迅语），以及被认为是“为诗之根本准则”（宋代真德秀语），那是从宋朝才开始的，正如李泽厚在《美的历程》一书中所说：“终唐之世，陶诗并不显赫，甚至也未遭李、杜重视。直到苏轼这里，才被抬高到独一无二的地步。并从此以后，地位便基本巩固下来了。苏轼发现了陶诗在极平淡质朴的形象意境中，所表达出来的美，把它看作是人生的真谛，艺术的极峰。千年以来，陶诗就一直以这种苏化的面目流传着。”与陶渊明相隔约七个世纪的另一位大文豪苏东坡，对陶渊明的为人极为偏爱，由人而及诗，他认为陶诗也是自古无人能及。他自己反复吟咏，烂熟于胸，并一一唱和，著有《和陶集》，堪称千古佳话。

癸卯岁始春怀古田舍（其二）

先师有遗训，忧道不忧贫。
瞻望邈难逮，转欲志长勤。
秉耒欢时务，解颜劝农人。
平畴交远风，良苗亦怀新。
虽未量岁功，即事多所欣。
耕种有时息，行者无问津。
日入相与归，壶浆劳近邻。
长吟掩柴门，聊为陇亩民。

题解

“癸卯岁”即晋安帝元兴二年（403），是年陶渊明正丁母忧居丧在家，躬耕于南亩。“怀古田舍”就是在田舍中怀古。但这种“怀古”跟一般的怀古诗不一样，也可以说它不是纯粹的怀古。诗人由田野的美景和亲身耕耘的喜悦，联想起古代“耦而耕”的隐士荷蓧老人和长沮、桀溺，以及他们与孔子之间偶然发生的故事，对照眼前的生活，他觉得自己对那些古代隐士有了新的理解。这首诗题为怀古，实则是诗人自抒其志。诗共两首，这里选的是第二首。

癸卯岁始春怀古田舍（其二）诗意图　马泉 绘

陶渊明是将他的生活寄托在田园之中的，更深一层说，他是将精神寄托在对远古的怀想之中，以古代那些志行高洁的隐士、贫士为楷模，用他们的精神来进行自我鼓励，这使他能够坚持“固穷守节”的生活，不改变“隐居求志”的初衷。陶渊明的生活，正是田园境界与怀古情调的结合。

【句解】

先师有遗训，忧道不忧贫

先师指孔子，他曾说过：“君子谋道不谋食。耕也，馁在其中矣；学也，禄在其中矣。君子忧道不忧贫。”（《论语·卫灵公》）按照孔子这句古训，作为一个士人（知识分子），应该以追求“道”（真理）为终极目标，一个士人不应该为贫穷而担忧，他真正要担忧的是难以追求和实践“道”的要求。

瞻望邈难逮，转欲志长勤

陶渊明一直有弘扬儒道、救治斯世的理想，认为儒家礼乐不失为挽救世运的一种办法。然而他所追求的人生真理与孔道并不完全一致，他甚至有意识地将自己探索的人生道路与儒家思想加以对照。这两句从表面看，是说孔子的遗训可望而不可及，圣人的理想、精神难以企及，然而，细味陶渊明诗意，其实正是以一种自谦而又自负的口吻，对“忧道不忧贫”这种迂阔而不切实际的说法提出含蓄批评。孔子说君子应该谋道而不是谋食，要免于挨饿，不应该去耕田，而应该去求学；学生樊迟请教种粮食、蔬菜的事情，孔子批评他是没有远大追求的“小人”、“细民”。陶渊明则认为衣食就在辛勤耕稼之中，所以他说自己要转而立志于长期从事农耕活动，这不等于宣称自己要走孔子瞧不起的“小人”樊迟的道路吗？“邈”，远；“逮”，达到。

秉耒欢时务，解颜劝农人

诗人怀着欢悦的心情拿起农具亲自从事农耕，带着和蔼亲切的笑脸劝勉邻居的农民们，让大家都喜爱这农耕生活，别把耕种看成一种辛苦可厌的工作。“秉”，持；“耒”，犁柄，泛指农具；“时务”，按节令进行的农活。“解颜”，开颜，开口而笑。

虽然隐居了，却还不忘“劝农”（陶渊明还写过《劝农》诗），说明他并没有完全放弃儒家“兼济”的精神，没有忘记自己作为一个士人的社会职责，即努力用自己的知识和社会地位来影响周围人群，帮助他们建立良好的生活观念。这也是古代一些隐居不仕的高士们所追求的生活。陶渊明受到这些高士的影响，所以在隐居时十分注意与周围农人的关系，与他们平等相处，并用自己的思想去影响他们。

平畴交远风，良苗亦怀新

平旷的田野上，自远处吹来阵阵微风，泛起粼粼绿浪，长势良好的秧苗，欣欣然露出无限新的生机。“平畴”，平坦的田野。“怀新”，孕育着新的生机。

一个“交”字，传神地写出了风吹过广阔田野、秧苗欣欣向荣的生意。陶渊明《停云》诗说“有风自南，翼彼新苗”，也是描写这种景象的佳句。“良苗亦怀新”是一种拟人写法，写良苗之怀新，正是写诗人看到自己劳动成果时的喜悦。这是乐于归耕的田园诗人才能感受到的生命消息、才能发现的美学形态，一经感受与发现，便成为自然浑成的千古妙句。对这两句诗，苏东坡最为欣赏：“非古之耦耕植杖者，不能道此语；非世之老农，不能识此语之妙。”

虽未量岁功，即事多所欣

虽然还未能估量出今年作物收成的好坏，眼下的情景就够令人高兴了。“量”，计算；“岁功”，一年的收成。

这两句诗质朴而真实地反映了陶渊明的一种生活观，在他这里，劳作本身就是一种美的生活。清人曾国藩所谓“但问耕耘，不问收获”，也是这样一种生活观念，但比起“即事多所欣”的态度，多少还是有些勉强。如果人们在做各种工作时，都能抱着“即事多所欣”的态度，那就能使自己超越功利之上。

耕种有时息，行者无问津

耕种的过程中有时也休息，却没见有人像子路一样来问路。这一句用的是《论语》中的故事：“长沮、桀溺耦而耕。孔子过之，使子路问津焉。”诗人自比古代隐士长沮、桀溺，说在耕作休息时没有像孔子那样“忧道不忧贫”的人来问路，言外之意，当今已没有这种人了，奔走于要津的，俱是追逐利禄之徒。这淡淡的语句中飘出一声若有若无的轻叹。它同时也透露出，对于世道的兴衰，对于孔子、子路一类的人物，诗人从心底里还存有某种希冀。“问津”，问路。

日入相与归，壶浆劳近邻

太阳落山了，大家一起相伴回家，再温上一壶酒，好好地招待邻居。这两句令人想起相传是尧时的歌谣《击壤歌》：“日出而作，日入而息。凿井而饮，耕田而食。帝力于我何有哉？”洋溢着田园生活特有的古朴真淳的情味。

长吟掩柴门，聊为陇亩民

酒喝好了，客人也送走了，长吟着歌诗掩起柴门，我就暂且安心地做个田野间的农夫吧。一个“聊”字耐人寻味。作为一个深受儒家思想影响的士人，虽然隐居了，但并不能全然忘情，不能完全放弃济世弘道的理想，所以说“聊为”。

评解

这首诗从孔子遗训“忧道不忧贫”之不易实践叙起，夹叙田间劳动的欢娱，联想到古代隐士长沮、桀溺的操行，而深感忧道之人的难得。或说理，或叙事，或写景，或抒情，看似散杂，不见首尾，其实散而有骨，理、事、景、情交融汇合，最后道出主旨：“聊为陇亩民。”此诗语言朴素之至，初读甚至觉得有些枯淡，但细细寻味，就会发现其中有生动的场景、活泼的思想、浓郁的情趣。苏轼说陶诗“质而实绮，癯而实腴”，不加雕饰却又胜于雕饰，这是一种艺术的辩证法。这中间其实经过了诗人艰苦的艺术劳动，那是一个弃绝雕饰、返朴归真的艺术追求过程，没有一番苦功是无法达到这种艺术创作境界的。

归园田居（其一）

少无适俗韵，性本爱丘山。
误落尘网中，一去三十年。
羁鸟恋旧林，池鱼思故渊。
开荒南野际，守拙归园田。
方宅十余亩，草屋八九间。
榆柳荫后檐，桃李罗堂前。
暧暧远人村，依依墟里烟。
狗吠深巷中，鸡鸣桑树巅。
户庭无尘杂，虚室有余闲。
久在樊笼里，复得返自然。

题解

晋安帝义熙元年(405)，时年四十一岁的陶渊明在江西彭泽做县令，从八月至十一月，不过八十多天，便声称不愿“为五斗米向乡里小儿折腰”，挂印回家。从此结束了时隐时仕、身不由己的生活，决心终老田园。这是一个重要的人生选择，也是陶渊明思想、感情发展过程中的一个重要经历。归隐之初，他写作了《归去来兮辞》，比较清楚地交代了隐居动机，也表达了他的隐居思想。

归园田居（其一） 诗意图　汪国新 绘

《归园田居》作于归来后的次年（406）春天，诗共五首，描绘田园风光的美好与农村生活的淳朴可爱，抒发归隐后愉悦的心情。东汉张衡有《归田赋》，陶渊明“归园田”、“归田”等词可能取自《归田赋》。这组诗是陶渊明田园诗的代表作。

【句解】

少无适俗韵，性本爱丘山

所谓“适俗韵”，即逢迎世俗、周旋应酬、钻营取巧的本领，这是诗人从来就未曾学会的东西。作为一个真诚率直的人，其本性与淳朴的山村、宁静的自然，似乎有一种内在的共通之处，所以“爱丘山”。陶渊明少年时曾怀抱壮志，并不安于过田园生活，那么为什么说“少无适俗韵”呢？原来他想出去做一番事业，是讲究节义的，跟世俗的追求功名不同。当他发现官场虚伪、淳朴风气已消失，做了官却不能保守节义，于是他便要保持清操，所以回归田园。

这两句表露了作者清高孤傲、与世不合的性格，为全诗定下一个基调，同时又是一个伏笔，暗示诗人虽曾进入官场，却终于会辞官归田。

误落尘网中，一去三十年

人生常常不得已。作为一个官宦人家的子弟，步入仕途乃是通常的选择；作为一个以“道”（真理）为追求目标的知识分子，也必须进入社会的权力组织；即便是为了供养家小、维持日常生活所需，也需要做官。因此，诗人不能不违逆自己的本性，奔波于官场。回头想想，那是误入歧途，误入了束缚人性而又肮脏无聊的世俗之网。

“一去三十年”，一种解释“三十年”不是实指，极言其时间之长。一种说法认为乃是“十三年”之误，他从太元十八年（393）二十九岁出来做官，到义熙元年（405）四十一岁归田，正好十三年。这一句看似平实的记述，仔细体味却有深意。诗人对田园，就像对一位情谊深厚的老朋友似地叹息道：“呵，这一别就是十三年了！”内中多少感慨，多少眷恋！但写来仍含而不露。

羁鸟恋旧林，池鱼思故渊

就像笼中的鸟儿留恋着旧日的山林，池中的游鱼思念着先前的潭渊。

这两句描写做官时的心情，但不写官场黑暗，只用鱼鸟作比；诗人虽人在官场，却似鱼鸟一样“思故渊”、“恋旧林”，进一步申明前面所说性爱丘山、误落尘网的心境。质朴的诗句里，蕴含着激动的情思。体会到这种情思，就能感到诗人用情的深挚。

以上六句对比写了世俗的官场和田园故乡两种场景，前者是束缚诗人的，后者则让他身心得到自由。经过反复的考虑，诗人终于下决心放弃前者，选择后者。

开荒南野际，守拙归园田

在南边的山野开垦一片荒地，回归这片田园，在这种生活中抱守自己的愚拙，保持住性情的淳朴。“守拙”回应“少无适俗韵”——因为不懂钻营取巧，不如抱守自己的愚拙，无须勉强混迹于俗世；“归园田”回应“性本爱丘山”——既有此天性，就循此天性，让人生自然地舒展。前面所写的冲突，在这里得到了解决。

方宅十余亩，草屋八九间

归田开荒，这对诗人来说是极艰苦的劳动。可他一点没写这种艰苦，却转而以欣悦之笔咏唱田园的风光，以及自己在田园中的生活情景。从这里开始的十句，诗人对田园生活进行详尽的描写，充分地表现了其内心的喜悦；他带着对官场、仕途的厌恶来体验田园生活，庆幸自己作了这样的选择。

诗中描写的一切极为平常：土地、草房，榆柳、桃李，村庄、炊烟，狗吠、鸡鸣。但正是这些平平常常的事物，在诗人笔下，构成了一幅十分恬静幽美、清新喜人的图画。在这画面上，田园风光呈现出清淡平素、毫无矫揉造作的天然之美，使人悠然神往，这岂不是有点儿像世外桃源的光景吗？其实，幻想的桃源也好，归隐的乡村也好，都寄托着诗人的理想：合理的社会，应当是没有残酷竞争、没有虚伪奸诈、没有外加的礼仪束缚、人人自耕自食的社会。这种社会当然不可能实现。陶渊明笔下的乡村，也有意忽略了生活中艰难、残酷的一面。但作为诗中的描写，却仍给人以美的安慰。

方圆十余亩的宅地，八九间草屋，简笔勾勒出诗人朴素的生活，而“十余亩”、“八九间”这种不准确的数字，也表现出了一种自由、随意的态度。“方”，方圆、周围。

榆柳荫后檐，桃李罗堂前

虽无雕梁画栋之堂皇富丽，却有榆树柳树掩映于屋后，桃花李花竞艳于堂前，素淡与绚丽交映成趣。诗中虽没有写更多的别的花草树木，但满园的春色已呼之欲出。

暧暧远人村，依依墟里烟

诗人的笔由近及远，抬眼望去，依稀可见远处的村落，正袅袅升起炊烟。犹如电影镜头慢慢拉开，将一座充满农家风味的茅舍融化到深远的背景之中。“暧暧”，模糊不清的样子，村落相隔很远，所以显得模糊，国画家画远景时，往往也只是淡淡地勾上几笔水墨。“依依”，形容炊烟轻柔而缓慢地向上飘升，好像这世界不受任何力量的干扰，表现出乡村特有的和平、宁静和悠闲。画面很淡很淡，韵味却很浓很浓，令人心旷神怡，显示了陶诗侧重写意中之景的特点。

狗吠深巷中，鸡鸣桑树巅

狗在深巷中吠叫，鸡在桑树上啼鸣。清静中突然传来几声鸡鸣狗吠，这幅美好的田园画一下子就活起来、生动起来了。诗人不写虫吟鸟唱，却写极平常的鸡鸣狗吠，因为这鸡犬之声相闻，才最富有农村的环境特征。这两句隐约透露出老子所谓“小国寡民”、“鸡犬之声相闻”的理想社会观念，而《桃花源记》与老子这种思想关系就很密切。以诗境而言，这两笔也是不可缺少的。它恰切地表现了农村的生活气息，又丝毫不破坏那一片特有的和平宁静。相比之下，南朝诗人王籍的名句“蝉噪林逾静，鸟鸣山更幽”那种为人称道的所谓“以动写静”的笔法，就未免太刻意强调、太用力了。

户庭无尘杂，虚室有余闲

归隐田园后，不仅远离了官场，而且连一般的世俗应酬之事也没有，在自己虚静的居室里生活得很是悠闲。这户庭，这虚室，就像是他的心境，于闲寂中透着一种生活的诗意。“尘杂”，尘俗杂事。“虚室”，静室。

久在樊笼里，复得返自然

最令人愉快的，倒不在于这悠闲，而在于从此可以按照自己的意愿生活；长久被官场牢笼所束缚的生命，如今终于可以返归于自然了。“自然”，既是指自然的环境，又是指顺适本性、无所扭曲的生活。

全诗从对官场生活的强烈厌倦，写到田园风光的美好动人，最后我们仿佛看到，诗人长长地舒了一口气，表现出一种如释重负后的轻松、愉悦心情。这是对全诗所作的一个总结，同时也是对自己选择田园生活这整个过程所作的一个概括性很强的总结。

评解

此诗通过对田园与仕途的对比，充分表现了诗人寄身于自然、寄身于淳朴乡村的自由欢快情绪。他赞颂优美的田园风光。尤其是“方宅”以下数句，落落如数家珍，地几亩，屋几间，树几株，花几种，远处村落何如，鸡在何处鸣、狗在何处吠，琐琐屑屑，平平淡淡，语言极为通俗，而意境极为高雅。诗人离开官场后转忙为闲，这些描写充分表达了他惬意欢悦的心情，以及对平淡自然的田园生活的审美认识。

历来评论陶诗的人，大都强调其自然简淡的风格，称其为“田家语”。其实，诗终归是诗，“自然”的艺术也仍然是艺术，而且艺术上的“自然”其实是一种更不易达到的艺术境界，随意倾吐、毫不修饰，也许称得上“自然”，但绝非“自然”的艺术。这首诗在谋篇布局方面其实颇为用心，逐层推进，每个细节都是精心构思、字斟句酌、反复锤炼的结果，而同时全诗血脉畅通，始终有一种真实的情感流贯于其中，并呈现为一种完整的意境，诗因此而显得自然生动、富有情趣。这是诗人通过艺术追求、艺术努力而达到的自然。

归园田居（其二）

野外罕人事，穷巷寡轮鞅。
白日掩荆扉，虚室绝尘想。
时复墟曲中，披草共来往。
相见无杂言，但道桑麻长。
桑麻日已长，我土日已广。
常恐霜霰至，零落同草莽。

题解

这是《归园田居》组诗五首中的第二首。前一首诗侧重村居生活的自然环境，这首诗则侧重村居生活的人际环境。

归园田居（其二） 诗意图　范曾 绘

【句解】

野外罕人事，穷巷寡轮鞅

摆脱了令人烦扰的仕宦生活，回到偏僻的乡村，这里没有什么世俗的交际应酬，没有车马俗人的造访喧闹，总算又获得了属于自己的一方宁静。“穷巷”，偏远的陋巷；“轮鞅”，指车马，“鞅”是安在拉车的马颈上的皮套。

白日掩荆扉，虚室绝尘想

那道虚掩的柴门，那间幽静的居室，把尘世的一切喧嚣、一切俗念都统统摒弃隔绝了。以上四句，诗人用“野外”、“穷巷”、“荆扉”、“虚室”来反复强调乡居的清贫，暗示自己抱贫守志的高洁之心。

时复墟曲中，披草共来往

诗人有时也打开那道虚掩的柴门，沿着野草丛生的田间小路，到村落里走走，到乡邻家串串门。“墟曲”，村落、乡野，“曲”有隐蔽之意，这里指隐僻的地方。

相见无杂言，但道桑麻长

和乡农们见面，大家没有什么杂七杂八的话，只是彼此拉拉家常，说说田里桑麻的长势而已。这样的交流是简单的，却又是切实有味的，因为它和人的劳动、收获紧密地联系在一起。在诗人看来，与纯朴的乡农披草往来，不是他所厌恶的“人事”；彼此交谈着桑麻的长势，也不是他所厌恶的“杂言”。无论“披草共来往”，还是“但道桑麻长”，都道出了诗人与乡邻们淳朴友好的关系。

桑麻日已长，我土日已广

种下的桑麻一天天长高，开垦的土地也越来越多，这令诗人心情为之一畅。两个“日”字，让读者切实地分享到诗人与日俱增的劳动乐趣。

常恐霜霰至，零落同草莽

看着一天天长高的桑麻，诗人高兴之余，又心存忧惧，深恐秋冬霜雪的降临，会让那喜人的桑麻凋落如杂草一般，使自己辛勤的劳动毁于一旦。一喜一惧，表面看只是担心气候变化带给农作物的伤害，然而细细体味，又似有弦外之音。

评解

像这首诗一样直白如话而又意味淳厚之作，在古典诗词中很不易得。诗人选取的是乡居生活的日常片断，运用的是最质朴无华的言语，让读者仿佛身临其境，去领略乡村的幽静及自己心境的恬静。而在这一片“静”的境界中，流淌的是古朴淳厚的情味。金人元好问曾评论陶诗说：“此翁岂作诗，直写胸中天。”诗人在这里所写出的，正是一片宁静谐美的理想天地。在陶渊明看来，田园生活最平凡、最现实，同时也是最崇高、最理想的。他田园诗的一个显著特点，就是将这种平凡与崇高、现实与理想和谐地、紧密地结合在一起，使平凡的农家生活显出崇高的意趣。

归园田居（其三）

种豆南山下，草盛豆苗稀。
晨兴理荒秽，带月荷锄归。
道狭草木长，夕露沾我衣。
衣沾不足惜，但使愿无违。

题解

这是《归园田居》五首中的第三首，表现诗人初归田园参加劳动的新鲜感受。应该说，陶渊明归隐田园后的"躬耕"与普通农民的农耕劳作并不能等量齐观，因为躬耕并不是他维持家庭生活的主要经济手段；也不能把他对劳动的感受与普通农民的感受等同看待，因为他的感受中包含了相当深沉的对于人生和社会的思考，而在古代，这种感受只可能出现在一小部分像陶渊明这样的优秀知识分子身上。

归园田居（其三） 诗意图 姚有多 绘

【句解】

种豆南山下，草盛豆苗稀

种豆南山，草盛苗稀，有人说这是因为陶渊明初归田园，不会种田所致。其实陶渊明的田主要不是自己耕种，他只是参与部分劳动。《归园田居》第一首有“开荒南野际”之句，可以证明南山下的土地是新开垦的，这种新垦地不适合种其它庄稼，只好种容易生长的豆类。这两句就像一个老农的闲谈，起得平淡，给人以亲切之感。

晨兴理荒秽，带月荷锄归

诗人一早就下地去锄草，一直到月亮升起，月光洒遍田野，才扛着锄头，沿着田园小路回家去。多美的诗句，多美的画面！可以看出诗人愉悦的心情。这两句诗中有画，写实而极有情韵。“带月荷锄归”一句尤妙，寥寥五字，便极其凝炼地表现出了一种劳动生活之美，并可见出诗人心境之宁静、平和、充实,千古而下，犹令人留连追思不已。李白《下终南山过斛斯山人宿置酒》：“暮从碧山下，山月随人归。”意趣相似，同样天趣盎然，唯厚朴蕴藉不及陶诗。

道狭草木长，夕露沾我衣

天时已晚，小径两旁的草木上凝结着点点露珠，因露重而低垂，本就窄小的山路变得越发狭窄，免不了要沾湿我的衣裳。这样的描写，使读者有一种身临其境的感觉。

衣沾不足惜，但使愿无违

被露水打湿一点衣服，确实是没有什么可惋惜的。但诗人偏要痴痴地强调一句，说得很认真，很严肃，自叹自解，殊为感人。是呀，只要不违背自己的生活理想，这一切又算得了什么呢？难怪苏东坡读了这首诗后不无感慨地说：“以夕露沾衣之故，而违其所愿者多矣！”有好多人就是因为害怕农村劳动的艰辛，才走上仕途，去干违背自己心意的事。而陶渊明为了保持纯洁的志愿，宁愿选择辛苦的乡野生活，这正显出其高洁的品格来。

评解

这首诗宛如一篇日记，寥寥几笔，简洁而形象地勾画出了诗人某天从早到晚的劳动过程和不惜夕露沾衣的微妙心理，表露了初离尘网、重亲耕稼的兴致。清新的感受和山村静谧的夜景融和成白描般的画面，真实自然中透出浓郁的诗意。

《汉书·杨恽传》里杨恽感叹："田彼南山，芜秽不治。种一顷豆，落而为萁。"借南山的芜秽不治来讽刺汉朝的政治。历来注家都引杨恽的话来解释本诗中的"理荒秽"，认为本诗也寓含对当时政治生活的某种隐喻，包含着以自耕自食的生活方式纠治整个社会的"芜秽"之深意。其实倒不必过于牵强地去如此"索隐"。即就此诗本身的意境、哲理而言，已足够丰富。

和郭主簿

蔼蔼堂前林，中夏贮清阴。
凯风因时来，回飙开我襟。
息交游闲业，卧起弄书琴。
园蔬有余滋，旧谷犹储今。
营己良有极，过足非所钦。
舂秫作美酒，酒熟吾自斟。
弱子戏我侧，学语未成音。
此事真复乐，聊用忘华簪。
遥遥望白云，怀古一何深。

题解

“郭主簿”，名字事迹均不详。“主簿”是州县主管簿书的属官。此诗作年众说纷纭，有学者根据陶渊明《命子》、《责子》二诗推算，认为此诗是义熙四年（408）诗人四十四岁时所作，是在他辞彭泽令归田之后。陶渊明自二十九岁起，为解决现实的生计问题，曾几度出仕，最后一次是四十一岁时（405）出任彭泽令，在官八十余日即弃官归隐浔阳。《和郭主簿》二首就是他归家两年后所作。这是其中的第一首，描写夏日乡居生活的淳朴、悠闲，表现出摆脱官场牢笼之后轻松自得的乐趣。

和郭主簿 诗意图 马泉 绘

【句解】

蔼蔼堂前林，中夏贮清阴

堂屋前的树木,郁郁葱葱，仿佛是那么地体贴人心，在盛夏暑热之中，贮满了一树的清凉供人享受。“贮”字用得多么有趣！凉意本是无形无状的，而诗人以神来之笔，著一“贮”字点化，使得这凉意似乎也有了形状，仿佛是贮积在浓荫中的一汪清潭，伸手可掬一般。置身于堂前林下，自然令人溽暑顿消。“蔼蔼”，形容树木茂盛；“中夏”，仲夏，农历五月。

凯风因时来，回飙开我襟

南风也似乎体贴人意，应时而来，撩开人的衣襟送来阵阵凉意。“堂前林”、“凯风”、“回飙”等客观之物，都与诗人建立起亲切体贴的关系，或为之贮阴，或为之开襟，宛如朋友一样。“回飚”之“凯风”吹开的不仅是诗人的衣襟，也吹开了千万读者的心扉，这仲夏的清凉之风由此而常驻人心，借用王国维的话说，可谓“著一‘开’字而境界全出”。此处若直说“清风吹我襟”（阮籍《咏怀诗》其一），则全失风味。一个“因时来”，一个“开我襟”，道出诗人乘时而化的意趣。“凯风”，南风；“回飙”，回风。

息交游闲业，卧起弄书琴

闲居家中，既无公衙之役，又无车马之喧，杜门谢客，读书弹琴，起卧自由，那懒散的意态透出的是诗人心情的悠闲自在。宋代朱熹赞赏说：“晋宋人物，虽曰尚清高，然个个要官职。这边一面清谈，那边一面招权纳货，陶渊明真个是能不要，此所以高于晋宋人物。”

一个“弄”字，本极寻常，但用在这里，却微妙地传达出悠然自得、逍遥无拘的乐趣。这令人想起作者《五柳先生传》中所描述的读书心态：“好读书，不求甚解；每有会意，便欣然忘食。”“游”在这里是自娱自乐的意思；“闲业”，不急之务，即弹琴、读书之类。

园蔬有余滋，旧谷犹储今

躬耕劳动，或许难免清贫，但园中种植的蔬菜还有富余，往年的存粮也还储放在仓中，足够一家之需。“余滋”，无尽地滋长繁殖。

营己良有极，过足非所钦

维持一个人的生活所需其实很有限，够吃就好了，过分的富足并非自己所钦羡。“营己”，经营自己的生活；“良”，诚然、确实。“营己”不可

"过足"，"过足"并不值得羡慕。言外之意是说：追求"过足"，就会营营不止，贪得无厌。这两句很有理趣。

春秫作美酒，酒熟吾自斟。

家酿的美酒，尽可以随意自斟自饮，其中的滋味，又哪里是官场虚伪应酬的玉液琼浆所能比？"秫"，黏稻，即糯谷。

弱子戏我侧，学语未成音

日日与妻室儿女团聚，尤其是年幼的小儿子，不时偎倚嬉戏身边，那呀呀学语的神态天真可爱，为诗人寂寥的生活增添了许多乐趣。

此事真复乐，聊用忘华簪

以上几句，每句写一件乐事。景是乐景，事皆乐事，人间生活的幸福，仿佛都已齐备了。人生若此，复何求哉！哪里还需要去计较那些所谓的功名利禄、荣华富贵。"聊用"，暂且借此。一个"聊"字，表面上说得很轻松，意思却很坚决，俨然有"时之所重，仆之所轻"的味道。"华簪"，华贵的发簪，借指功名富贵。

遥遥望白云，怀古一何深

遥望着天空白云悠悠，不禁怀想起那些隐居的高士不慕名利的高尚行迹。诗人全部的意绪，都寄托在那蓝天上悠悠的白云之间，云去云飞，飘洒随意，多么让人向往！"一何"二字，似问似答，语意摇荡，神情宛转，煞是动人。

评解

这首诗通篇所写均是人们习见熟知的日常生活，如叙家常，不假思索，不择言词，娓娓道来。这样的诗，不是作出来的，也不是吟出来的，而是从诗人肺腑中流泻出来的，毫无矫揉造作之迹，富含浓郁的生活气息，让人倍感淳真亲切。全诗写景、叙事、抒情，都紧扣一个"乐"字。这大约是陶渊明隐居生活中最快乐的时光。吟咏全诗，我们仿佛随着诗人的笔端走进那宁静、清幽的村庄，领略那蔼蔼林荫下凉风拂面的惬意，聆听那琅琅的书声和悠然的琴韵，分享自斟自酌、父子嬉闹的快乐，这些都能使我们体会到诗人那返朴归真、陶然自得的心态。正如明人唐顺之所评："陶彭泽未尝较音律，雕文句，但信手写出，便是宇宙间第一等好诗。何则？其本色高也。"（《答茅鹿门知县》）

庚戌岁九月中于西田获早稻

人生归有道，衣食固其端。
孰是都不营，而以求自安？
开春理常业，岁功聊可观。
晨出肆微勤，日入负禾还。
山中饶霜露，风气亦先寒。
田家岂不苦？弗获辞此难。
四体诚乃疲，庶无异患干。
盥濯息檐下，斗酒散襟颜。
遥遥沮溺心，千载乃相关。
但愿长如此，躬耕非所叹。

题解

庚戌即晋安帝义熙六年（410），这年陶渊明四十六岁，是他弃官归田躬耕的第六年。“西田”，即《归去来兮辞》中“农人告余以春及，将有事于西畴”的“西畴”。旧历九月中收稻，应为晚稻。题中“早稻”二字，近人丁福保《陶渊明诗笺注》说：“一本‘早’是‘旱’字。”旱稻，又称陆稻，据宋末戴侗《六书故》植物部：“稻性宜水，亦有同类而陆种者，谓之陆稻。今谓旱稻。南方自六月至九月获。北方地寒，十月乃获。”“早”字应为“旱”字，因为字形相近而误。这是一首体现陶渊明躬耕思想的重要诗篇。

庚戌岁九月中于西田获早稻 诗意图　汪国新 绘

【句解】

人生归有道，衣食固其端

人生所归，归向于道。但无论归向于什么道，首先要吃饭穿衣，这是人生的前提。

将衣食与“道”并举，意义非比寻常。这是陶渊明在躬耕的基础上悟出的民生以勤为先、以衣食为端，方能返朴归真的根本道理。这与《癸卯岁始春怀古田舍》中说的“先师有遗训，忧道不忧贫。瞻望邈难逮，转欲志长勤”，是一脉相承的。这是陶渊明的可贵之处，他的思想来自躬耕生活的实践，而思考的结论又付诸实践，身体力行。

孰是都不营，而以求自安

怎么能够连衣食都不经营，就追求到生活的安定呢？

“都不营”既包括了孔儒的不亲耕稼，也包括了老庄的无所作为，这种主张力耕的自然有为论，是诗人在长期的生产劳动实践中摸索出来的人生真谛。自耕自食，是他理想中的社会生活方式和个人生活方式。尽管诗人未必能完全做到这一点，但他尝试了，这就是很了不起的。“孰”，何；“是”，此，这里指衣食。

开春理常业，岁功聊可观

开春了，就开始去从事农耕。一年辛苦，到了秋天，收成大概总是过得去的吧。

说得似乎很平淡，体味起来，其中蕴涵着的欣慰自得之情，又是那么真实，那么淳厚。“常业”，日常工作，这里指农务。“岁功”，指一年的收成；“聊”，略微。

晨出肆微勤，日入负禾还

开始收割了，一大早就出门去，也尽自己的一点微薄之力。到太阳落山时，背负着收割的稻禾欣然而归。

这两句化用了《击壤歌》“日出而作，日入而息。凿井而饮，耕田而食”的语意，同样流露出一种欣然自得的意趣。“肆”，操劳，尽力；“微勤”是谦辞，指自己的劳作。

山中饶霜露，风气亦先寒

山中的气候冷得早，霜露也较多。九月中，已是霜降节气。在风霜中，诗人感到了劳作的艰辛。“饶”，多。

田家岂不苦？弗获辞此难

种田人的生活怎能不辛苦呢？但谁也没办法摆脱这一切。这两句既表明诗人深知稼穑的艰难辛苦，也表明他的躬耕意志很坚定。

四体诚乃疲，庶无异患干

躬耕自食，诚然使得四肢疲累，但或许可以免除其它祸患的干扰。

“异患”，指人生本不应有的非常祸患。在魏晋以降的时代，战乱频仍，生灵涂炭，一大批名士死于非命。如孔融、何晏、嵇康、张华、潘岳、陆机、陆云、嵇绍、嵇含、王衍等，都先后被杀。所谓异患，首先是指这种旦夕莫测的横祸。其次，为五斗米折腰事小人，在“质性自然”的陶渊明看来，也应是一种异患。要免除这种异患，在当时或许唯有弃官归田。诗人之所以坚决归田，既因为他坚信“人生归有道，衣食固其端”，同时也因为他深知“四体诚乃疲，庶无异患干”。这几句没有一点高调，质朴本色地道出了自己的生活感情。

盥濯息簷下，斗酒散襟颜

你看，从田里归来，洗洗手脚在屋檐下歇一歇，喝杯酒，多么心旷神怡！

这样的快乐，只有在农村劳动生活过的人才能真切地感受到、领略到。“斗酒散襟颜”，活画出诗人劳作后心情与表情均因酒而放松的形象。

遥遥沮溺心，千载乃相关

把酒临风，诗人心绪不禁遥接千载，推想古代的两位隐士长沮、桀溺，其心意也应与自己遥遥相合。

陶渊明毕竟不是一个纯粹的农民，他仍然是一位由传统文化滋养造就的士人。他像农民那样站在自家屋檐下把酒开怀，可是与乡邻明显不同的是，他的心灵却飞越千载，遥接古人。“沮溺”，即长沮和桀溺，春秋时代的两位隐士，据《论语·微子》记载，“长沮、桀溺耦而耕，孔子过之，使子路问津焉”，两人与子路进行了一番谈话，同时并不停止手中的农活。沮、溺的思想主要有三点：一，批评时代黑暗；二，认为这种黑暗世道难以改变；三，主张归隐。陶渊明自言与这两位隐士心志遥合。

但愿长如此，躬耕非所叹

但愿能长久地过这种生活，自食其力，自由自在，纵然躬耕劳苦，也无所怨尤。诗人经过深思自省后，更坚定了归隐之志，其心境也终归于圆融宁静。

评解

此诗夹叙夹议，透过收获稻谷之事，抒发躬耕情怀。陶渊明虽自幼学习六经，敬仰孔子，但他最终选择了长沮、桀溺式的人生道路，这意味着他所追求的人生理想与孔道并不完全一致。他有一个矛盾痛苦的心态变化过程。事实上，为了最终弃官归田，他曾经历了十三年的曲折反复。而从此诗看，即使在已经归田五六年后，诗人内心也并非总是平静单纯。不过，经过躬耕劳动的体验和深沉的省思，诗人已产生一种新思想，这就是：农耕生产乃是衣食之源，士人尽管应以“道”为终极关怀，但是对于农业生产仍然义不容辞。尤其身处乱世，只有弃官归田躬耕自资，才能保全独立自由的人格，沮、桀之心因此而具有了现实意义。

移居（其一）

昔欲居南村，非为卜其宅。
闻多素心人，乐与数晨夕。
怀此颇有年，今日从兹役。
弊庐何必广，取足蔽床席。
邻曲时时来，抗言谈在昔。
奇文共欣赏，疑义相与析。

题解

陶渊明于义熙元年弃彭泽令返归柴桑里，四年后他在柴桑上京山的旧宅遇火。义熙七年（411）迁至南里之南村（今江西九江城外），是年四十七岁。《移居》作于搬家后不久，诗共二首，均写与南村邻人交往过从之乐，又各有侧重。第一首说新居虽然破陋，但南村多有心地纯朴、志趣相投之人，因此颇以能和他们共度晨夕、谈古论今为乐。

移居（其一） 诗意图　成秉羿 绘

【句解】

昔欲居南村，非为卜其宅

追溯往事，以“昔”字领起。以前我就想住到南村来，为什么呢？那倒不是因为南村的住宅风水好。古人移居选宅这样的大事，事先都要卜筮测算、求问凶吉。诗人说自己的移居并非出于这方面的考虑，那又是为何呢？

闻多素心人，乐与数晨夕

早就听说那里有很多心地纯朴的人，多么希望能和他们共处晨夕、谈古论今。这才是诗人移居此地的原因。

《左传·昭公三年》：“非宅是卜，惟邻是卜。”移居者不在乎宅地之吉凶，而在乎邻里的善恶。不求吉宅，而求嘉邻，陶渊明的选择是实际的，但同时又具有浓厚的理想主义色彩。陶渊明生活在“真风告逝，大伪斯兴，闾阎懈廉退之节，市朝驱易进之心”（《感士不遇赋》）的时代，他对充满虚伪、机诈、钻营、倾轧之风的社会现状痛心疾首，却又无能为力，只得退而追求洁身自好，归隐田园，躬耕自给。卜居求友，不趋炎附势，不祈福求显，唯择善者为邻，正是诗人清高情志和内在人格的表现。“素心人”，心地纯朴的人。

怀此颇有年，今日从兹役

移居南村的愿望很早就有了，现在终于得以实现。诗人的欢欣之情溢于言表。“兹役”，即指移居搬家这件事。

弊庐何必广，取足蔽床席

只要能移居到这里来，有那么多的好邻居、好朋友，房子小一点又有什么关系？能放下一张床一床席子就足够了。

“何必”二字，率直中见深曲，反射出时人普遍追名逐利的心态。而诗人淡然一笔，不求华堂广厦，只求邻里共度晨夕，弊庐虽小，乐在其中。这种心灵境界，宋人胡仔《苕溪渔隐丛话后集》评陶渊明《止酒》诗时分析得很透彻：“‘坐止高荫下，步止荜门里。好味止园葵，大欢止稚子。’余尝反复味之，然后知渊明之用意……故坐止于树荫之下，则广厦华堂吾何羡焉；步止于荜门之里，则朝市声利吾何趋焉；好味止于噉园葵，则五鼎方丈吾何欲焉；大欢止于戏稚子，则燕歌赵舞吾何乐焉。”

在对房舍的追求上，古往今来不少有识之士都表现出了同样睿智的精神境界。孔子打算到东方少数民族地区居住，有人对他说，那地方太简陋了，孔子答曰：“君子居之，何陋之有？”（《论语·子罕》）杜甫流寓成都，茅屋为秋风所破，愁苦中仍然热切呼唤：“安得广厦千万间，大庇天下寒士俱欢颜。风雨不动安如山！呜呼！何时眼前突兀见此屋，吾庐独破受冻死亦足！”（《茅屋为秋风所破歌》）刘禹锡为陋室作铭：“山不在高，有仙则名；水不在深，有龙则灵。斯是陋室，惟吾德馨。”（《陋室铭》）其鄙视官场的污浊与腐败，追求高洁的品德与志趣，在审美气质上都和陶渊明这首诗有相通之处。读者在感悟诗意的同时，也许还会感到生活中的一些困惑豁然开朗，从而以更为坦然旷达的胸怀面对万花筒般的人生。

邻曲时时来，抗言谈在昔

以下数句具体写得友之乐：时时和邻居们在一起，回忆往事，无拘无束，毫无保留地交心。“时时来”，写和谐坦诚的邻里友谊，笔墨省净，引人遐想。“邻曲”，邻居。“抗言”，热烈地交谈；“在昔”，往事。

奇文共欣赏，疑义相与析

诗人在这里所说的友人，多是读书人。他们交谈的内容，自然带着读书人的特点和爱好。他们一起欣赏奇文，共同分析疑难的文义，享受精神上的交流。

一个“共”字，一个“相与”，使得热烈抗言之情态呼之欲出。《归园田居》说：“时复墟曲中，披草共来往。相见无杂言，但道桑麻长。”当时他还住在上京山，接触的主要是农民，所以“但道桑麻长”。而今移居南村，邻居们又多了可以“奇文共欣赏”的读书人，有审美的快乐，也有友情的和谐，此情此境，真可谓人生佳境。这种生活他向往已久，所以早想搬到南村来住，至此，他的愿望终得以实现。

评解

陶渊明以一种淡然的口吻，款款叙说移居情事，将平平常常的一件事，写得格外亲切有味，令人心驰神往。他所用的语言平白如口语，却又温和高妙；看似浅显，然嚼之味醇，思之情真，悟之意远。全诗给人的感受是鲜明而强烈的：诗人厌恶黑暗污浊的社会，鄙视丑恶虚伪的官场，但他并不厌弃人生。在对农村田园、亲人朋友的真挚情感中，他找到了生活的快乐、生命的归宿、心灵的慰藉。陶渊明其人其诗的魅力，首先来自对人生、对自然满怀诗意的热爱和把握。

移居（其二）

春秋多佳日，登高赋新诗。
过门更相呼，有酒斟酌之。
农务各自归，闲暇辄相思。
相思则披衣，言笑无厌时。
此理将不胜，无为忽去兹。
衣食当须纪，力耕不吾欺。

题解

这是《移居》二首中的第二首。移居之后，诗人与邻人融洽相处。忙时勤力耕作，闲时随意往来、言语无厌，充满人生兴味。

移居（其二） 诗意图 王同仁 绘

【句解】

春秋多佳日，登高赋新诗

即使是在农忙时节，每遇风和日丽的春天或天高云淡的秋日，诗人也要登高赋诗，一快胸襟。

这两句暗承第一首结尾“奇文共欣赏，疑义相与析”而来，篇断意连，巧妙自然。对陶渊明来说，在柴桑火灾之后，新迁南村，登高赋诗，可以涤散郁闷。更何况是在春种秋收的农忙时节，忙里偷闲登高赋诗，其欣然自得之态可以想见。登高而赋历来都属于文人的风流雅兴，在这里更有不同寻常的意味。这两句用意颇深，却又似不经意道出，虽无一字刻划景物，而风光之清靡高爽，足堪玩赏，诗人之神情超旷，已如在目前。

过门更相呼，有酒斟酌之

经过友人门前就呼喊他，无须顾及士大夫间拜会延请的虚礼。态度虽略显村野，更觉往来的随便；大呼小叫，反见出情意的真率。是诗人有酒招饮邻人，还是邻人有酒招饮诗人？抑或只是彼此串门时恰遇有酒便共相斟酌？是随意地饮着酒说着话，还是边饮酒边吟诗？后来杜甫也曾说：“肯与邻翁相对饮，隔篱呼取尽余杯。”（《客至》）无尽乐趣，均从此中得来。平直的叙述中却有含蓄不尽之意味。

农务各自归，闲暇辄相思

有酒辄相招饮，有事则各自归去。闲时相思，相思复又聚首，遂形成一个回环。在这小小的南村，人和人之间的关系何等实在、真诚！

“各自归”本来指农忙时各自在家耕作，但因与上句饮酒之事字面相连，句意相属，给人以酒后散去、自忙农务的印象。就像这首的开头与上一首的结尾一样，利用句子之间若有若无的连贯，从时间的先后承续以及诗意的内在联系两方面，轻巧自如地将日常生活中常见的琐事串成一片行云流水。

相思则披衣，言笑无厌时

这一句运用民歌中常见的顶针格，强调了聚而复散、散而复聚这一过程，使笔意由于音节的复沓而更加流畅自如。尤为难得的是，诗人凭字面意思的回环形成往复不已的情韵，而在情韵的往复中，又自然无迹地使诗意得以深化：过门招饮，仅见其情意的真率；闲时相思，才见其友情的深挚；披衣而起，则表明即使已经睡下，也无碍于随时相招；相见之后，谈笑起来没完没了，又使诗意更进一层。层层推进，将诗人与邻人间纯朴的情谊写到极致，也将摒绝虚伪和矫饰的自然之乐倾泻无余。至此诗情已达到高潮，再引出下面的感叹，便极其自然了。

此理将不胜，无为忽去兹

这样的乐趣岂不比什么都美吗？就不要匆匆地离开此地了。诗人道出久居的意愿，也是对上文与邻人过从之乐的总结。

不言“此乐”而言“此理”，是因为乐中有理，由任情适意的乐趣中悟出的生活哲理比一切都高。东晋士族优游山水之风颇盛，但其游山玩水之乐，大多不过是无所事事、自命风雅而已，他们在诗中所寄托的玄理，看似高深莫测，其实只是空虚放浪的寄生哲学而已。陶渊明的自然观仍以玄学为外壳，据朱自清统计，陶诗中引用《庄子》最多，共有四十九次。但陶渊明的自然之趣是脱离虚伪污浊的尘网，将田园当作返朴归真的乐土；他诗中所寄托的玄理，是在与淳朴勤劳的农夫交往中和亲自参加农业劳动后悟出的人生真谛，其中包涵着丰富的生活情趣。

衣食当须纪，力耕不吾欺

诗人悟出的人生真谛是什么呢？那就是：人生必须经营衣食，尽力耕作必有收获。“纪”，经营。

点明自然之乐的根源在于勤力躬耕，这是陶渊明自然观的核心，所谓“人生归有道，衣食固其端。孰是都不营，而以求自安”（《庚戌岁九月中于西田获早稻》）。诗人认为只有以生产劳动、自营衣食为根本，才能从中领悟到最高的玄理——自然之道。显然，这种“自然有为论”和东晋士族好逸恶劳的“自然无为论”有本质区别。清人张玉谷《古诗赏析》评此二句：“忽跟农务，以衣食当勤力耕收住。盖第耽相乐，本易务荒，乐何能久。以此自警，意始周匝无弊，而用笔则矫变异常。”

评解

此诗以乐发端，而以勤收尾，中间又穿插以农务。虽是以写乐为主，而终以勤为根本。章法与诗意相得益彰，但见笔力矫变而不见运斧之迹。全篇罗列日常交往的散漫情事，以任情适意的自然之乐贯串一气，言情切事，若离若合，起落无迹，断续无端，看似平淡散缓，而实则天然浑成。作诗以理为骨固佳，尤当善于以情化理。东晋山水诗因玄言成分多而为后人诟病，这些刚刚脱离玄言诗的山水诗多以山水证道，理过其辞。而陶渊明则能以情化理、理入于情，不言理而自有理趣在笔墨之外，明言理而又有真情融于意象之中。这种从容自然的境界，为后人树立了很高的艺术标准。

杂诗（其一）

人生无根蒂，飘如陌上尘。
分散逐风转，此已非常身。
落地为兄弟，何必骨肉亲！
得欢当作乐，斗酒聚比邻。
盛年不重来，一日难再晨。
及时当勉励，岁月不待人。

题解

陶渊明所作《杂诗》共十二首，此为第一首。学者王瑶认为前八首“辞气一贯”，当作于同一年内。据其六“奈何五十年，忽已亲此事”句意，可知作于晋安帝义熙十年（414）左右，时陶渊明约五十岁，隐居已有十年之久。

这组《杂诗》，是“遇物即言”的杂感诗。明黄文焕《陶诗析义》卷四云：“十二首中愁叹万端，第八首专叹贫困，余则慨叹老大，屡复不休，悲愤等于《楚辞》。”慨叹人生无常，感喟生命短暂，是这组《杂诗》的基调。

人生無根蒂
飄如陌上塵
分散逐風轉
此已非常身
落地為兄弟
何必骨肉親
得歡當作樂
斗酒聚比鄰
盛年不重來
一日難再晨
及時當勉勵
歲月不待人

杂诗（其一）诗意图 李岗 绘

【句解】

人生无根蒂，飘如陌上尘

人生在世有如无根之木、无蒂之花，没有根柢，没有着落，那样地轻飘，又好比大路上随风起落的飞尘。

这个意思本自《古诗十九首》“人生寄一世，奄忽若飙尘”，感叹人世之无常。本诗连用几个比喻，将人生比作无根之木、无蒂之花、陌上之尘，写出诗人深刻的人生体验，透露出至为沉痛悲怆的情怀。

分散逐风转，此已非常身

生命是如此的变幻莫测，人生是如此的飘忽不定，种种遭遇和变故不断地改变着世人，如同随风起落翻飞的尘土，每个人也都不再是最初的自我。

在这里，我们仿佛听到了诗人对人生渺茫而不可把握的叹息。这声叹息里，有理想破灭的失落，有人生如幻的绝望。诗人由仕入隐已有十个年头，老大无成的悲愤、生命短暂的哀叹，在其心底不断地蕴积着，故而生发出如此感叹。

落地为兄弟，何必骨肉亲

既然每个人都已不再是原来的自我，那么每个来到这个世界上的人何妨都成为兄弟，又何必去在乎所谓的骨肉之亲、血缘之情呢？

前面四句是对命运的感叹，至此则笔意陡然振起。诗人执着地在生活中寻找着友爱，寻找着欢乐，遂有“落地为兄弟”这样一个升华。珍惜生命，珍惜生而为人的共同机缘，其语意本自《论语·颜渊》：“四海之内，皆兄弟也。君子何患乎无兄弟也？”陶渊明写给自己孩子们的信中也说：“汝等虽不同生，当思四海皆兄弟之义。”这种朴素的古代民主思想，在陶渊明的思想中占有重要地位。

得欢当作乐，斗酒聚比邻

遇到欢乐的时候就及时行乐，今朝有酒就招聚邻人一起喝。这与《古诗十九首》中的感慨似乎并无差异。然而，细味之，其境界则全然不同。“人生行乐耳”也好，“昼短苦夜长，何不秉烛游”也好，都不免颓唐消极。而陶渊明的快乐是在躬耕村居生活中寻找到的，有酒则招邻人共饮，这在陶诗中屡屡提到，如“过门更相呼，有酒斟酌之”（《移居》）、“日入相与归，壶浆劳近邻”（《癸卯岁始春怀古田舍》）。这是陶渊明式的及时行乐，平和冲淡，明净淳朴，体现出了更高的精神境界。

“得欢当作乐，斗酒聚比邻”，也可以看作是“落地为兄弟，何必骨肉亲”的极为生动的补充。把“比邻”视为“兄弟”，一个能与“比邻”分享欢乐的人，才会进一步享受到那种不仅属于自己，而且也属于大家、属于“四海”的欢乐。陶渊明孤居独处时想到的并不仅仅是自己，他通过深思自得，进一步发现了人生的价值和生命的意义。

盛年不重来，一日难再晨

生命是这样短暂，好年华逝去了就不会重来。对人生中偶尔还能寻得的一点点欢乐，就不要错过，要及时抓住它，尽情享受。

及时当勉励，岁月不待人

陶渊明提倡的及时行乐，应该放在当时特定的历史条件下来考察。它实质上标志着一种人性的觉醒，是人对生命、命运的把握与热爱。“勉励”二字说得格外得体、格外郑重，它正视生命的意义，不消极逃避。“及时”二字饱含激励之意，于是自然地归结到“岁月不待人”。

评解

时间与生命，是陶渊明及许多魏晋诗人反复吟咏的一个主题。本诗从生命之始说起，生命意象由一连串比喻构成，“人生无根蒂”把生命暗喻为无根之植物，从而生发出“飘”的意象；“飘”又引出一个明喻“飘如陌上尘”；“陌上尘”再生发出“分散逐风转”的意象；“逐风转”又生发了“落地为兄弟”的意象；“落地”则暗含生命如种子的隐喻，也暗示了生命由离开胞胎开始。既然生命为飘浮的种子、飞尘，随风辗转于茫茫天地之间，那么“落地”为人，实属偶然。生命本非己有，何必骨肉才算至亲呢？由此再引出“四海之内皆兄弟”的看法。生命一旦开始，时间便与它产生了永恒的矛盾对立。“盛年不重来，一日难再晨”，时间在生命面前匆匆驰过，它不可逆转，不可重复，而生命的计量单位却由“年”（盛年）到“日”（一日）到“晨”（再晨）再到“时”（及时）……愈来愈有限、短暂。生命的偶然、无常、有限与时间行进的必然、永恒、无限，构成尖锐的对立。保持这对立双方平衡的力量是“得欢当作乐，斗酒聚比邻”，“及时当勉励，岁月不待人”。抓住有限，得欢当乐，勉励发奋，增加生命的密度和质量，以抗衡时间对生命的劫掠和生命在时间面前的无奈。全诗朴实无华，质如璞玉，而内蕴却极丰富，起伏跌宕，发人深省。

责子

白发被两鬓，肌肤不复实。
虽有五男儿，总不好纸笔。
阿舒已二八，懒惰故无匹。
阿宣行志学，而不爱文术。
雍端年十三，不识六与七。
通子垂九龄，但觅梨与栗。
天运苟如此，且进杯中物。

题解

这首诗大约是陶渊明五十岁时所作。“责子”，就是对儿子的责备。其实看诗中语气，诗人“责子”时往往带着戏谑口吻，态度并不严厉，反而是借此题目自叹自嘲的用意更多一些。

责子 诗意图　汪国新 绘

【句解】

白发被两鬓，肌肤不复实

自己年已五十，白发布满了双鬓，肌肤也已松弛，不再坚实丰满。

这两句写老相写得很好，特别是后一句说肌肤的状况，极少有人道出。年仅五十而如此衰老，与耕田的辛苦和生活的贫困应该是有关的。

虽有五男儿，总不好纸笔

有五男绕膝，得享天伦之乐，本来是很幸福的事。然而让诗人失望的是，五个儿子却没有一个喜欢读书写字。

这一句是整体写五子，下面几句则分别描述每个儿子的情况。

阿舒已二八，懒惰故无匹

老大阿舒已年满十六，却懒惰得要命。

“故”，仍然；“无匹”，没有人比得上。“匹”字的字形近于“二”、“八”的组合，这里用了一种近似文字游戏的析字修辞法。

阿宣行志学，而不爱文术

老二阿宣也快十五岁了，可就是不爱读书写文章。

“文术”，指读书、写文章之类的事。“行”，行将、快要；“志学”，十五岁。用“志学”指代年龄，典出《论语·为政》：“子曰：吾十有五而志于学。”本句使用“志学”语意双关，暗示阿宣到了“有志于学”的年龄却无志于学。

雍端年十三，不识六与七

雍儿、端儿都十三岁了，却还不识数，连六与七都数不过来。

两儿同龄，可能为孪生兄弟或异母所出。六与七相加等于十三，这里又用了一种数字离合的文字游戏手法，说明诗人这种描述可能有夸张、开玩笑的成分。

通子垂九龄，但觅梨与栗

最小的通子也快九岁了，成天却只知道贪吃贪玩，不知其它。

“垂”与前面的“行”义同，都是将近的意思。“但觅梨与栗”一句又暗用“孔融让梨”的典故。《后汉书·孔融传》注引孔融家传，谓孔融四岁时就知让梨。阿通九岁了还只知寻梨觅栗，可见其愚笨，显然不可能像孔融那样早慧早熟。

天运苟如此，且进杯中物

将儿子们一一数落了一番后，作者感到很失望。有什么办法呢？大概天意如此吧。既然这样，那就姑且喝下杯中酒，聊以宽解。

陶渊明《与子俨等疏》说："余尝感孺仲贤妻之言，败絮自拥，何惭儿子？"汉朝的王霸（字孺仲）归耕之后，一天，朋友的儿子来看他，少年容光焕发，举止谈吐显得很有教养；王霸再看看自己的儿子，头发蓬松不加修饰，不懂礼节，觉得很惭愧。他的妻子对他说："你既立志不做官，靠耕田过活，那么儿子的蓬头不懂礼节是当然的，怎么忘了自己的志向而为儿子惭愧呢？"陶渊明为儿子们的表现感到惭愧，或许更多的是对自己命运的自嘲吧。

评解

这首诗写得非常幽默、诙谐，可见出陶渊明性情的另一面。表面看，他的几个孩子似乎都很不成器，但这种描写不能太当真。本诗的整体风格是诙谐的，孩子们的缺点显然被诗人有意夸大、漫画化了。他在叙说中又采用了一些有趣的修辞手法，更让人忍俊不禁，可以想见作者下笔时那种又好气、又好笑的心情。

对于这首诗，后人有不同的理解。杜甫似乎并没有看出陶诗是在开玩笑，所以他在《遣兴》诗中说："陶潜避俗翁，未必能达道。观其著诗集，颇亦恨枯槁。达生岂是足，默识盖不早。有子贤与愚，何其挂怀抱。"但黄庭坚便很清楚陶诗的幽默之处，他在《书陶渊明〈责子〉诗后》中说："观渊明之诗，想见其人岂弟（按：'岂弟'同'恺悌'，意谓和乐安闲）慈祥，戏谑可观也。俗人便谓渊明诸子皆不肖，而渊明愁叹见于诗，可谓痴人前不得说梦也。"此后评论者或为杜辩，或为黄辩，仁者见仁，智者见智，莫衷一是。今人袁行霈《陶渊明集笺注》说："渊明期望于诸子甚高，而诸子非僶俛于学，盖事实也。然渊明并不过分责备之。失望之中，见其谐谑；谐谑之余，又见其慈祥。一切顺乎自然，有所求而不强求，求而得之固然好，不得亦无不可。渊明处世盖如是而已。"孰是孰非，读者自可细细品味定夺。

饮酒（其五）

结庐在人境，而无车马喧。
问君何能尔？心远地自偏。
采菊东篱下，悠然见南山。
山气日夕佳，飞鸟相与还。
此中有真意，欲辨已忘言。

题解

《饮酒》二十首是陶渊明辞官归隐田园后写下的一组诗。有人认为，陶渊明写这一组诗时距离他辞去彭泽县令已有十年以上。不过，陶渊明的年谱存在很多问题，现在还不能确切判断《饮酒》诸诗具体的写作时间。但无论如何，这时候他应该已归隐有年了。

《饮酒》组诗的开头有一篇序文，比较明确地交代了该组诗的创作背景："余闲居寡欢，兼比夜已长，偶有名酒，无夕不饮，顾影独尽。忽焉复醉。既醉之后，辄题数句自娱，纸墨遂多。辞无诠次，聊命故人书之，以为

饮酒（其五） 诗意图 刘旦宅 绘

欢笑尔。”这应该是冬季农闲而夜已渐长的时候。陶渊明写了那么多诗反映田园生活中的乐趣，为什么在“闲居”时反而“寡欢”？这应该是由于精神上的孤独。在农忙时，劳累的工作可以使他忘掉烦恼，但到了冬季，农事稀少而夜晚漫长，诗人该如何排遣那些孤独忧伤呢？恰好在这时候有人送给他一些好酒。他每天晚上喝酒，对着自己的影子一个人干杯，于是很快就醉了。有的人醉得人事不知，那是一种醉法；有的人醉得疯疯癫癫，那也是一种醉法。而陶渊明醉了之后还能够写诗，这又是一种醉法。这篇小序和二十首《饮酒》诗，让我们看到一个微醺的、飘飘然忘乎形骸的诗人形象。

魏晋诗人喜欢写组诗，这种组诗往往比较集中地反映了作者的思想情怀，在艺术上也大都精心结撰。陶渊明继承前人的作法，创作了《归园田居》、《饮酒》、《咏贫士》、《拟古》等大量组诗。如果说《归园田居》是他刚归田后对仕隐经历的一种反省的话，那么《饮酒》就是他在归隐有年后对仕隐经历的一次更加深刻的反省。这一次反省，是在生活极端困苦的境况下仍然决定坚持隐居，以保持自己人格的完整，因而尤为难能可贵。

【句解】

结庐在人境，而无车马喧

虽然把草房子盖在尘俗世间，却照样能够远离世俗的纷扰。

古代隐居山林之人，简单地用树木搭一座屋庐，盖上茅草，称之为“结庐”。“结庐”实指隐居。一般隐士都居住在深山无人之处，可陶渊明“结庐”在人间，却照样感觉不到世俗的喧嚣。“而无车马喧”有两层意思，一层是说，在现实之中，他的门前真的没有车马喧哗；另一层是说，他已经脱离了官场的竞逐，跟那些人已没有什么往来了。

问君何能尔？心远地自偏

请问你是如何做到结庐在人境，而没有世俗烦扰的呢？因为自己的心离名利场上的竞逐遥远了、淡漠了，所以哪怕住在车马喧嚣的大路旁，也一定会像身处偏地深山一样清静。

这几句其实可以视为诗人人生哲学的概括。“心远地自偏”的实质，在于人的心灵对外物的一种过滤，对烦嚣氛围的一种阻隔，对生活环境中丑恶部分的一种鄙弃。这又是两句惊人的妙语，是极其精彩的自问自答。王安石十分赞赏这四句诗，誉为“奇绝不可及”，认为“有诗人以来，无此句也”。

采菊东篱下，悠然见南山

在草庐的东篱下随意地采撷菊花，偶一举首，忽见南山浮现在眼前。这“悠然”属于人，也属于山，人闲逸而自在，山静穆而高远。在那一刻，心与山悠然相会，诗人自身仿佛已与南山融为一体。

在中国文化中，菊花是有象征传统的。“采菊东篱下”不仅是写采菊这样一个行动，同样带着一种象征、隐喻的含义。清人龚自珍有诗赞陶渊明：“陶潜酷似卧龙豪，万古浔阳松菊高。”意思是说，陶渊明所写的松、菊，就像他本人一样品格崇高。东篱虽然悠闲，菊花虽然高雅，但诗人并没有被东篱和菊花所拘限，而是忽然之间就跳出去了。“采菊东篱下”象征着品格的持守，“悠然见南山”则是一种超越，一种精神上的飞跃。所谓“悠然”，有一种从容自得、不受限制的感觉。

“见南山”的“见”字，《文选》作“望”。对此苏东坡已批评过：如果是“望”字，这诗就变得神气索然了。为什么不能作“望”？“望”是有意识地注视，缺乏“悠然”的情味。而且，在陶渊明的哲学观中，自然是自在自足的存在，人生之所以有缺损，在于人有各种外在追求。在这表现人与自然一体性的形象中，只能用意无所属的“见”，而不能用目有定视的“望”。

山气日夕佳，飞鸟相与还

诗人所见的南山有何物？日暮的岚气若有若无，在斜晖的映照下分分秒秒都在变化着，真是极尽黄昏之美丽。而在这美丽的黄昏景色中，三三两两的飞鸟，相互作伴都飞回来了。

鸟回到林中，那是一种自然而然的归宿，宁静、充实而完美。那人呢？不期然中，心灵与自然冥会，若有所感。

此中有真意，欲辨已忘言

在这片美丽的黄昏景色之中，在这种宁静、和谐的氛围中，诗人忽然感悟到某种“理”，不觉沉浸在忘机的天真之中，觉得自然的真谛、人生的真谛活泼泼地呈现于眼前。他很想把这份体会弄清楚、说明白，但那实在不是语言所能够传达的。

评解

这首诗是陶诗的代表作，充分表现了陶诗冲淡、自然、和谐的境界。诗人以最为淡泊、几乎接近“无我”的心境去体悟自然。正如清王士禛《古学千金谱》所说：“篱有菊则采之，采过则已，吾心无菊。忽悠然而见南山，日夕而见山气之佳，以悦鸟性，与之往还。山花人鸟，偶然相对，一片化机，天真自具。既无名象，不落言诠，其谁辨之。”也许，我们能够在某个时刻，实际体验这首诗所传达的美感，进入一个纯然平和的、忘却人生所有困扰的状态，但这种物我两忘、人与自然完全融合的纯粹境界实在是可遇而不可求，它绝不可能构成任何人（包括陶渊明本人）的全部人生。

饮酒（其九）

清晨闻叩门，倒裳往自开。
问子为谁欤？田父有好怀。
壶浆远见候，疑我与时乖。
褴缕茅檐下，未足为高栖。
一世皆尚同，愿君汩其泥。
深感父老言，禀气寡所谐。
纡辔诚可学，违己讵非迷！
且共欢此饮，吾驾不可回。

题解

这是《饮酒》组诗第九首。诗歌通过假设问答的形式，表达了诗人坚持隐居避世、不愿重返仕途的决心。

饮酒（其九） 诗意图 马泉 绘

【句解】

清晨闻叩门，倒裳往自开

诗以清晨的叩门声发端，全诗呈现出一种自然而融洽的气氛。一大早，诗人听见有人敲门，急忙起身，连衣服也顾不上穿好，就赶去开门。

这里用了一个典故“倒裳”，出自《诗经·齐风·东方未明》：“东方未明，颠倒衣裳。颠之倒之，自公召之。”为什么慌乱得衣裳都穿错了呢？因为上边传来命令，国君召我马上去见他。陶渊明巧妙而风趣地化用此典，暗示着这不是一般的探访，而是有人从很远的地方带着上边的命令来请他出去做官。

问子为谁欤？田父有好怀

问一声来者是谁呀？原来是一位老农前来问候。“田父”，农夫。但这位来客真的是普普通通的农夫吗？显然不是，普通的农夫是不会说出下面那一番话来的。

壶浆远见候，疑我与时乖

为什么他这么早就提着酒远道而来看我呢？原来他是担心我与世相乖不合时宜，而特地赶来安慰、劝说。诗人以转述的口吻道明田夫的来意。

繿缕茅檐下，未足为高栖

以下四句便是这位远道而来的“田父”的劝说之辞：隐居田园实在不合时宜，你穿得这样衣衫褴褛，居住在这样破败的茅屋下，未免太委屈，也算不上什么清高的隐士。“繿缕”，同“褴褛”。

一世皆尚同，愿君汩其泥

你看，现在这个社会，哪个人不走做官的那条道路？你何必一定要特立独行？最好也和大家一样顺随世俗，不要再继续退隐了。

“汩其泥”，语出《楚辞·渔父》：“圣人不凝滞于物，而能与世推移；世人皆浊，何不 其泥而扬其波？”意谓如果大家都是龌龊的，为什么你要一个人独清？为什么不和大家一样也跳到泥水里边去玩弄那些泥巴？陶诗借用了这个意思。“尚同”，主张同流合污。“汩”，搅浑。

深感父老言，禀气寡所谐

以下则是诗人的回答：我非常感谢您老人家的善意劝告，只是我自己的禀性、气质从来不能与世俗相谐洽。诗人说得如此谦恭委婉，又颇有外交辞令之妙。

纡辔诚可学，违己讵非迷

“纡辔”，拉住马的缰绳使它走到另一条道上去。你要我调转马头和大家一起走那另外的一条路，我也不是不能，但那并非我的意愿。如果非要走那条道，就违背了自己的本性，那岂不是人生最大的迷失吗？这个意思恰如《圣经》所说：“你赚得了全世界，可是却赔上了你自己！”

且共欢此饮，吾驾不可回

既然远道来看我，那就让我们高高兴兴地喝酒吧。至于我的志愿，却是不可改变的！前面说得那样谦恭温厚，但最后表达不愿与世同流合污、决心退耕归隐的态度，又是何等坚决！“吾驾不可回”，正是诗人最后的誓言。

评解

本诗在表现形式上设为问答，夹叙夹议。宾主之间，一问一答，饱含情感，各具个性。全篇看似舒缓散漫，却又处处蕴含着不流于世俗的高尚精神。诗人将日常生活中的琐细之事，如开门迎客、对酒谈天，都写入诗中，而且写得亲切自然，丰腴有味，纯朴动人，这也是作品的高妙之处。

这首诗的主题思想和表现手法与《楚辞 · 渔父》颇为相似。渔父劝屈原与世推移，同流合污，屈原回答说：“宁赴湘流，葬于江鱼之腹中。安能以皓皓之白，而蒙世俗之尘埃乎？”田父劝陶渊明最好还是去做官，陶渊明回答说“违己讵非迷”，“吾驾不可回”。陶渊明与屈原一样身居乱世，理想不得实现，因而宁守贫贱、绝意仕进，这是难能可贵的。他在《归去来兮辞》中说不愿做官的原因是：“质性自然，非矫厉（按：矫揉造作）所得。饥冻虽切，违己交病。”在《与子俨等疏》中又说是因为“性刚才拙，与物多忤。自量为己，必贻俗患”。这些都有助于我们对本诗的理解。

诸人共游周家墓柏下

今日天气佳，清吹与鸣弹。
感彼柏下人，安得不为欢。
清歌散新声，绿酒开芳颜。
未知明日事，余襟良以殚。

题解

从内容看，这首诗当是陶渊明归田后的作品。题目中的“诸人”，有的注本据《晋书·陶潜传》载渊明归田后，“既绝州郡觐谒，其乡亲张野，及周旋人羊松龄、庞遵等，或有酒邀之”，认为可能即是指张、羊、庞等人。

“周家墓”，陶澍注本引《晋书·周访传》曰：“周、陶世婚，此所游，或即访家墓也。”《晋书·周访传》曰：“初，陶侃微时，丁艰，将葬，家中忽失牛而不知所在。遇一老父，谓曰：‘前岗见一牛眠山汙中。其地若葬，位极人臣矣。’又指一山云：‘此亦其次，当世出二千石。’言讫不见。侃寻牛得之，因葬其处，以所指别山与访。访父死，葬焉，果为刺史，著称宁益。自访以下，三世为益州四十一年，如其所言云。”渊明此诗所云周家墓，虽未必即周访家墓，然陶澍之说不为无据。

诸人共游周家墓柏下 诗意图 李岗 绘

【句解】

今日天气佳，清吹与鸣弹

在一个天气很好的日子里，和朋友们结伴来到周家墓地的松柏树下，喝酒唱歌，吹起笙箫弹起琴。

在本来容易引人伤感的墓地，偏要作吹唱奏弹之乐，这不能不令人生奇。这样的人，不是极端麻木不仁的庸夫俗子，应该就是胸怀超脱，能勘破俗谛、消除对于死亡畏惧的高人。“今日天气佳”，直用口语，而未失诗味。

在生死问题上，秉持老庄一派思想的人大多持有这种通豁达观的态度：庄子鼓盆而歌；刘伶使人荷锸而随，谓“死便埋我”；阮籍为母亲守灵期间，人们来吊唁他母亲，他不予理会甚至还白眼相向；独有嵇康带着酒、携着琴来到灵堂，酒和琴与吊唁灵堂何等矛盾，但阮籍起身迎上去热情问候，其潜台词大概是这样：与我一样不顾礼法的朋友，你是想用美酒和音乐来送别我操劳一生的母亲？陶渊明对于生死问题的了悟与超脱，也反复见诸诗中。如《连雨独饮》：“运生会归尽，终古谓之然。”《五月旦作和戴主簿》：“既来孰不去，人理固有终。”《神释》：“老少同一死，贤愚无复数……纵浪大化中，不喜亦不惧。应尽便须尽，无复独多虑。”《拟挽歌辞》：“死去何所道，托体同山阿。”《归去来兮辞》：“聊乘化以归尽，乐夫天命复奚疑。”这是一种自然运化观、朴素生死观。

感彼柏下人，安得不为欢

想想那墓中之人，死后便长埋于此，人生如此短暂而空虚，又怎能不叫人尽情去享受？

这种纵欲享乐的思想，《列子·杨朱》曾有很典型的论述：“百年，寿之大齐。得百年者，千无一焉。设有一者，孩抱以逮昏老，几居其半矣。夜眠之所弭，昼觉之所遗，又几居其半矣。痛疾哀苦，亡失忧惧，又几居其半矣。量十数年之中，逌然而自得，亡介焉之虑者，亦亡一时之中尔。”人生一世，真正幸福快乐、无忧无虑、怡然自得的时光少得可怜。面对这匆匆而逝的岁月，面对这死的归宿，人生究竟怎样方能获得意义？《圣经》里圣保罗说：“我们就吃吃喝喝吧，因为明天就要死去。”十九世纪四十年代德意志新黑格尔派学生也曾高喊道：“吃罢，喝罢，死后什么也享受不到！”《列子·杨朱》也认为唯有在有限的时光中尽情纵欲享乐，追求“厚味、美服、好色、音声”，即感官的快乐或肉体的刺激，否则死期一至，唯有长叹懊丧不已。

清歌散新声，绿酒开芳颜

如何“为欢”？清亮的歌喉传扬着新声，漂着绿蚁的新酒让大家开颜欢饮。清歌“开”了诗人们的歌喉，新酒“开”了人们的欢颜，心中的伤感郁结一点点地散涤，心境变得开阔起来。

未知明日事，余襟良以殚

明天会发生什么事都已变得不重要，重要的是，胸中郁积的烦闷已被涤除得干干净净，欢快之情已完全表达出来了。“殚”，竭尽。

即便“未知明日事”，诗人依然能做到“余襟良以殚”，这才是真正的了悟与超脱。黄文焕《陶诗析义》说：“‘未知明日事，余襟良以殚。’结得渊然。必欲知而后殚，世缘安得了时？未知已殚，以不了了之。”王夫之《古诗评选》则认为：“‘余襟良以殚’五字为风雅砥柱。”邱嘉穗《东山草堂陶诗笺》评：“此诗尽翻丘墓生悲旧案，末二句益见素位之乐，虽曾点胸襟，不过尔尔。”都颇中肯綮。

评解

这首诗篇幅简短，所表达的思想内容也比较简单，但境界甚高，富有韵味，因而博得很多人的赞赏。想一想诗中描写的佳美天气，想一想一群人且清吹且鸣弹且清歌且饮酒，读者仿佛也身临其境，感受到了那晴和的天气，听到了那清亮的歌声，闻到了那醉人的酒香，同时也就领悟到了人间生活的真正美好之处，心胸由此变得开阔。许多的烦恼，许多的盘算，仿佛都变得很无谓。“余襟良以殚”确实是人生佳境，蒋薰《陶渊明诗集》评论说：“通首言游乐，只第三句一点周墓，何等活动简便。若俗手，则下许多感慨语，自谓洒脱，翻成粘滞。”

咏贫士（其一）

万族各有托，孤云独无依。
暧暧空中灭，何时见余晖。
朝霞开宿雾，众鸟相与飞。
迟迟出林翮，未夕复来归。
量力守故辙，岂不寒与饥？
知音苟不存，已矣何所悲。

题解

陶渊明归隐田园后，屡遭灾祸，生活变得越来越困窘，“夏日长抱饥，寒夜无被眠”（《怨诗楚调示庞主簿邓治中》）。春夏之交青黄不接时常常没有饭吃，冬天寒冷的夜晚没有被子盖，邻居和妻子都埋怨他。他在给儿子的一封书信中说“但恨邻靡二仲，室无莱妇，抱兹苦心，良独惘惘”。“二仲”是古代两位隐居的贤人求仲和季仲；“莱妇”是老莱子的妻子，她支持老莱子隐居不仕。当一个人饥寒交迫而且孤立无援时，尤其渴望寻求一种支持的力量。陶渊明将他的精神寄托在对遥古的怀想之中，以古代那些“固穷守节”的高士、贫士为楷模激励自己。这是他写《咏贫士》组诗的缘由。

咏贫士（其一） 诗意图 汪国新 绘

《咏贫士》组诗共七首，这是其中第一首。一、二首为七首之纲，第一首写自己高洁孤独，抱穷归隐；第二首叙自己贫困萧索之状和不平的怀抱；以下五首分咏几位贫士及其知音。从这个角度看，陶渊明并不孤独，他是归属于这一群人的，在他们那里找到了精神上的理解与安慰。

【句解】

万族各有托，孤云独无依。暧暧空中灭，何时见余晖

万物都有所依靠，唯有空中那一抹孤云，无依无傍，在黄昏暮色中，慢慢地飘向那沉沉不可知的远方。诗人不禁感慨系之：什么时候才能再见到它剩下的光影？言外之意是恐怕不能再见了。“暧暧”，昏暗的样子。这四句在与“万族”的对比中写出了“孤云”的形象。

朝霞开宿雾，众鸟相与飞。迟迟出林翮，未夕复来归

早晨的霞光拨开了隔夜的浓雾，百鸟欢唱，在霞光云天中翻飞，结着伴儿飞出林中。而独独有那么一只鸟儿，它不贪求捕食，很晚才从林子里飞出去，未等天黑就又飞了回来。

这四句在与“众鸟”的对比中，又写出了“孤鸟”的形象。表面看，这好像是离开前四句的内容跳出去了，其实，“朝霞”、“宿雾”仍是从云的意象承袭下来的。诗歌的意脉从“万族”到“孤云”，从“孤云”到“众鸟”，又从“众鸟”到那只“孤鸟”，使得孤云、孤鸟和贫士三个表面不同而品质相近的意象集中到了一起，产生一种强烈的感发力量。

云和鸟都是陶诗中常见的形象。“云无心以出岫，鸟倦飞而知还”（《归去来兮辞》）、“望云惭高鸟，临水愧游鱼”（《始作镇军参军经曲阿》）、“翩翩飞鸟，息我庭柯”（《停云》）、“暮作归云宅，朝为飞鸟堂”（《拟古》），这些都与归隐有关，都表现出一种恬淡之趣。然而这首诗中的云、鸟形象有了很大变化，虽然孤云、独鸟仍喻隐者，但是“暧暧空中灭，何时见余晖”的孤云，在昏昧的色调中，已传出一种来日无多的哀音；虽然仍是归鸟，但“迟迟”二字也显示出一种倦乏迟暮之态。《归去来兮辞》中写“倦飞”，那是一种解脱的快感。这里的倦，却颇有一种不堪重荷的真正的疲倦之意。从这两个诗歌意象的变化，可以见出诗人不复初隐居时的欢快，心境已变得沉重悲慨。由此也可以确定，此诗为归隐日久、垂老贫病时所作。

量力守故辙，岂不寒与饥？知音苟不存，已矣何所悲

由孤云、孤鸟很自然地引发对人生历程的反思。诗人坚守的生活道路，本是经过几次反复，最终量力而行的。他也自知，这种生活免不了饥与寒的困苦。既然这样，旧友零落、世无知音，在贫困中终此一生，也没有什么可悲伤的。“何所悲”是自慰之词，正可见出诗人的满怀悲慨。

评解

这首诗利用品质相近的孤云、孤鸟和贫士形象，形成章法上的连贯。叶嘉莹认为此诗手法与晚唐温庭筠的一首词《菩萨蛮》有相似之处。温庭筠说：“小山重叠金明灭，鬓云欲度香腮雪。”“小山”指屏风。但他不直接说“屏风”而说“小山”，因为他取的是山与屏风共有的重叠曲折的美丽形象，并不是具体的屏风。接下来的“鬓云”和“香腮雪”也是如此，不说“乌云般的鬓发”或“雪一般的香腮”，而说“鬓发的乌云”、“香腮上的白雪”。云、雪、山都不是室内的东西而是天地间大自然的景象，这种品质上的相近，使得几个看起来好像没有什么关联的形象在章法和精神上连贯起来，并且与现实拉开了一段审美距离，给读者留下想像余地。这种写法，在形象的跳跃之中保持着感发的连贯性。

陶渊明这首诗从景象而观，由昏至晨，是顺写；从思绪而观，由垂老而反思中年，是回顾。二者相向而行，却因情景相生而丝毫不见针脚之痕，遂在顺和中见出宛转情思。这正是萧统说陶渊明“辞兴婉惬”的注脚。

拟古（其七）

日暮天无云，春风扇微和。
佳人美清夜，达曙酣且歌。
歌竟长太息，持此感人多：
皎皎云间月，灼灼叶中华。
岂无一时好，不久当如何。

题解

《拟古》九首，是陶渊明模拟汉魏古诗写的一组咏怀诗。《拟古》题目大概始于陆机，《文选》载其《拟古诗》十二首，其中十一首拟《古诗十九首》。《文选》还收录刘休玄《拟古》二首，也是拟《古诗十九首》。陶渊明的《拟古》虽未标明拟的是什么诗，但参考上述情况，拟的应该是《古诗十九首》以及类似风格的汉魏古诗。

这首诗是《拟古》九首中的第七首，拟的是古代那些表现“美人迟暮”的作品。有学者指出，其所拟的对象很可能是曹植的《杂诗》：“南国有佳人，容华若桃李。朝游江北岸，夕宿潇湘沚。时俗薄朱颜，谁为发皓齿？俯仰岁将暮，荣耀难久恃。”

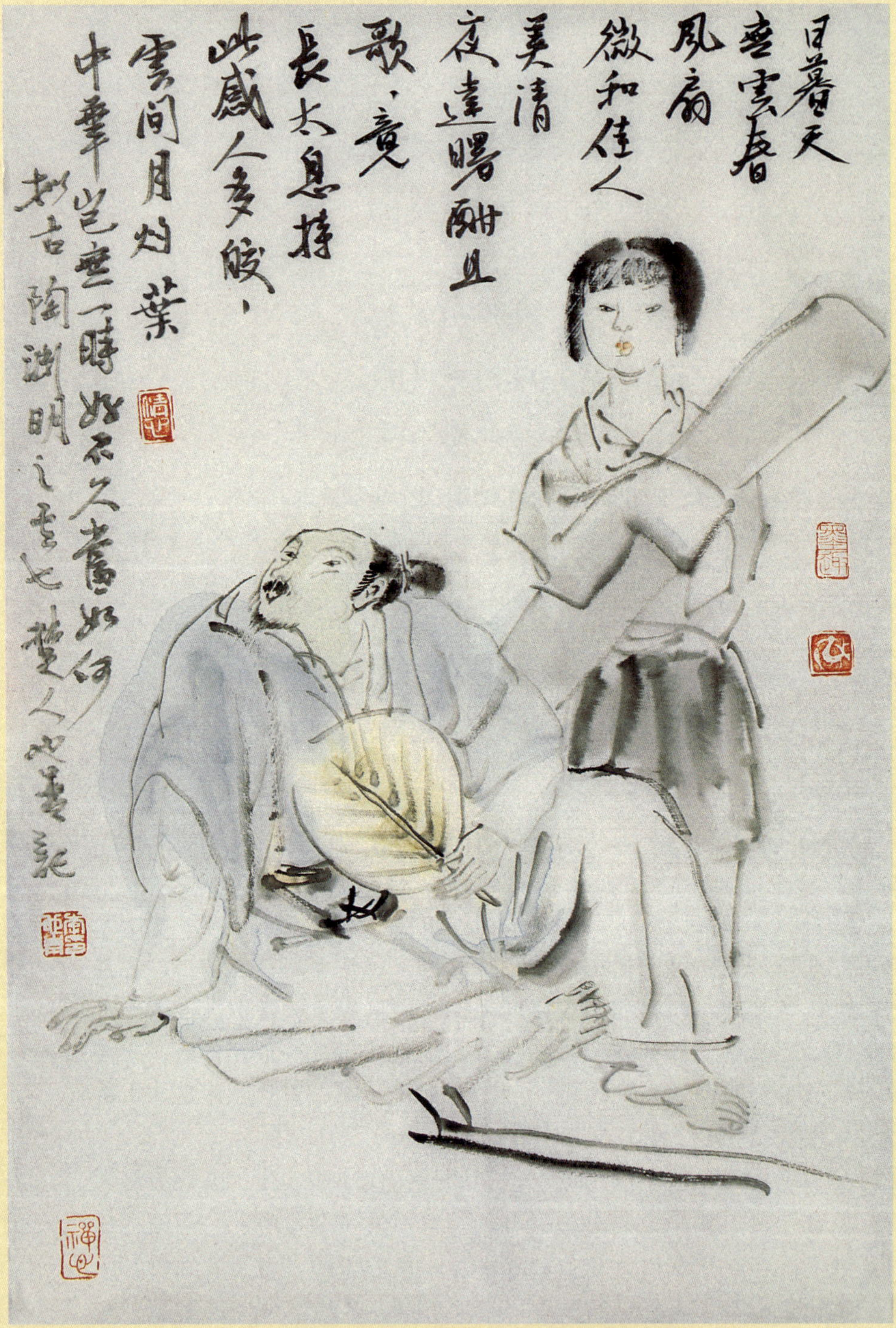

拟古（其七）诗意图　李也青 绘

【句解】

日暮天无云，春风扇微和

日暮时分，天空万里无云，显得何等澄澈。一阵阵春风吹送着微微的暖意，面对如此景色，怎不令人心旷神怡！而春风又似乎特别有情，殷勤地传送着“微和”。“日暮天无云”，即目生情，出语清新自然。而“春风扇微和”，以“扇”这个动作把春风拟人化，“微”则细致体贴，极富情意。

佳人美清夜，达曙酣且歌

“佳人”，美人。富于青春活力的女子，面对如此清风朗月，自然激发出生命的热情，激发出对美好人生的热爱、对未来的憧憬，于是彻夜酣饮唱歌。如此“酣且歌”，是对春景的陶醉，也是对人生的陶醉。唐朝诗人李白《春夜宴从弟桃李园序》叙写：“阳春召我以烟景，大块假我以文章。会桃李之芳园，序天伦之乐事……开琼筵以坐花，飞羽觞而醉月。”虽则活动的内容不同，其心情则是一致的。

前四句写景抒情，写日暮之景直至清夜，而“美清夜”又暗含日暮，清夜之景又见于下文“皎皎云间月，灼灼叶中华”。用笔错落互见，不同于陶渊明惯常的平叙手法，因为这首诗是拟古诗，在章法上也须向古诗靠拢。赏者当有会于心。

歌竟长太息，持此感人多

感此清夜之美，佳人既酣且歌，以不负此良夜。歌竟忽有所悟，念天下美好景物，皆暂得一时，转眼即逝，因而有叹。叹什么？叹好景不长，叹青春易逝，叹芳颜清歌难以永远得到他人的赏识……种种意绪，使人百感交集。“竟”，终、结束；“持此”，即得此、对此之意。

这种叹息，古今共有。如汉武帝《秋风辞》：“欢乐极兮哀情多，少壮几时兮奈老何！”又如曹丕《与吴质书》：“白日既匿，继以朗月，同乘并载，以游后园。舆轮徐动，参从无声，清风夜起，悲笳微吟，乐往哀来，凄然伤怀。余顾而言，斯乐难常，足下之徒，诚以为然。”都是乐极而生悲感者。

皎皎云间月，灼灼叶中华

以下四句，有人理解为佳人歌唱之辞，而从内容来看，理解为佳人歌唱结束后自言自语的叹息之词似更贴切。状“月”而用“皎皎”，又以“云”

来衬托；状“华（花）”而用“灼灼”（鲜明貌），又衬以绿叶。“春宵一刻值千金，花有清香月有阴”，在如此美好的春夜里，佳人正像明月那么皎洁，鲜花那么妍丽。

岂无一时好，不久当如何

人们对于美好的事物，往往会怀有患得患失之心。春夜越美，春夜在她的心中印象越好，就越能想见她的惶恐、失意和焦虑。如今虽然美好，只是不能长久，这该怎么办呢？点明诗歌主题。

曹植诗说“时俗薄朱颜，谁为发皓齿？俯仰岁将暮，荣耀难久恃”，这是作者代佳人道出心中的苦曲。陶诗却是借佳人之口自传心曲，这轻轻的一声叹息，表达了作者的深婉心曲。

评解

这是一篇寓言体作品。诗篇借佳人的形象表达深厚的情感。高洁美好的情怀，对知音的渴望，美人担心迟暮的哀怨，都从这一佳人形象里表达出来。在《闲情赋》里，陶渊明也描绘了一位绝代佳人，诗人愿化身为美人穿的衣领、束的衣带、用的发膏等，在想象中亲近美人，在想像之中传达出炽烈的爱情。陶赋中的想像，与屈原赋里神奇瑰丽的想像不同，它是平实的，更使人感到亲切；通过这些想像所表达的感情是炽烈的，所以更具有感人的力量。这首诗也是用晶莹的语言、生动的形象来表达他深厚的感情，而这种感情其实具有普遍的人生意义。钟嵘《诗品》评陶渊明：“世叹其质直。至如‘欢言酌春酒’、‘日暮天无云’，风华清靡，岂直为田家语耶！”认为此诗不是一般的“田家语”，而别有寄托；认为此诗并非“质直”，而是辞采清丽。清人方东树也称赞此诗“情景交融，盛唐人所自出”（《昭昧詹言》）。这种风格在陶诗中确不多见。

拟古（其八）

少时壮且厉，抚剑独行游。
谁言行游近？张掖至幽州。
饥食首阳薇，渴饮易水流。
不见相知人，惟见古时丘。
路边两高坟，伯牙与庄周。
此士难再得，吾行欲何求！

题解

这是《拟古》组诗的第八首。此诗托言少时远游，而追慕两类古人：其一，伯夷、叔齐、荆轲，取其义；其二，伯牙与钟子期、庄周与惠施，表达渴望知己之意。义士既不可见，知音亦不可得，难怪诗人深感孤独。

拟古（其八） 诗意图 李岗 绘

【句解】

少时壮且厉，抚剑独行游

我少年的时候有强壮的身体和刚强的意志，曾经带着宝剑到处行游。因为这是一首拟古诗，所以诗中所写，并非诗人自己的亲身经历。诗中少年时曾仗剑远游的主人公，代表的是诗人的一种精神追求。

谁言行游近？张掖至幽州

谁说我去的地方不远？我曾经到过张掖，也到过幽州。

张掖和幽州，一个在甘肃，一个在河北，陶渊明从来没有去过这些地方。事实上，东晋的时候北方都已被胡人占领，他也根本不可能去这些地方。可是在诗里的主人公却提着宝剑到这些地方周游过，这便有了一种向往之意，说明诗人确实曾有过某种相当远大的志向。然而由于时代条件的限制，他的理想最终落空了。

饥食首阳薇，渴饮易水流

理想志意落空以后怎么办？饿了就吃首阳山上的薇蕨，渴了就喝易水河里的流水。他真的到过首阳山，吃了那里的薇蕨？或者真的到过易水，喝了那里的清水？显然不能这么理解。这正是陶诗的高妙之处，他能够把深挚的情感、对人生哲理的思考和艺术形象完美结合起来。“首阳薇”代表伯夷和叔齐，“易水流”代表的是刺客荆轲。诗人在这里所说的，并非口腹之需的满足，而是一种精神上的满足。

“首阳薇”典出《史记·伯夷列传》，伯夷、叔齐是孤竹国君的两个儿子。父亲想将王位传给叔齐，父亲死后，叔齐要让位给伯夷。伯夷不肯接受，叔齐也不肯即位，于是双双逃走，想去归附周文王。及至，文王卒，武王准备讨伐商纣。伯夷、叔齐想阻止而不能。武王平定殷纣，天下归周，而伯夷、叔齐耻之，义不食周粟，隐于首阳山，采薇而食，最后饿死。

《史记·刺客列传》记载，燕太子丹派荆轲谋刺秦王。临行，众宾客皆白衣素冠，于易水旁为他饯别，荆轲高歌：“风萧萧兮易水寒，壮士一去兮不复还！”陶渊明还写有《咏荆轲》诗，称赞荆轲虽然死了，但他不畏强敌敢于反抗的精神永存。由此我们可以看到陶渊明精神世界中“金刚怒目”的另一面。如果命运真的给他一个机会，他又何尝不想有所作为。

不见相知人，惟见古时丘

只是他终究没有等到这种机会。在乱世之中，尽管他怀抱着“饥食首阳薇，渴饮易水流”的理想，可是又有谁能够理解他，能够帮助他实现那些理想和志意呢？到处都找不到相知的朋友，只见到古人的坟丘。

路边两高坟，伯牙与庄周

路旁高高的两座坟丘，其主人分别是伯牙与庄周。

据《吕氏春秋 · 本味篇》记载，伯牙鼓琴，钟子期听之，伯牙鼓琴而志在泰山，钟子期道：“善哉乎鼓琴！巍巍乎若泰山。”志在流水，钟子期说：“善哉鼓琴，洋洋乎若流水。”后来钟子期死，伯牙摔琴绝弦，终身不复鼓琴。这是“知音”典故的出处。

庄周即庄子。庄子的朋友惠施死了，庄子经过他的坟墓，对从者讲了郢人和匠石的故事。郢人鼻尖上沾了一小点石灰，匠石抡起斧子，一下子就砍去石灰，一点儿没伤到郢人的鼻子，而郢人也站在那里一动不动，连眼睛都不眨。郢人死了之后，匠石就无法再表演这个绝技了，因为再也没有人能够与他那样配合默契。 庄子说，他和惠施也是一样，自从惠施死后，就再也没有一个人能像惠施那样与他针锋相对地谈话了，他从此失去了谈话的对手。

原来诗人要表达的，是伯牙与钟子期、庄周与惠施这样的知音之不可得。

此士难再得，吾行欲何求

人生得一知己足矣。若真有一个人能够了解你，能够志同道合坦诚相对，那确实是极其难得的。然而，诗人没有找到这样的知音，没有一个人可以帮助他实现理想。既然这样的知音已不可求，自己到处行游又有什么意义呢？所以他才要“羁鸟恋旧林，池鱼思故渊”。

评解

此诗托言仗剑远游的少年，一路追寻，追寻一种崇高的人格，一种令人倾心的凛然之气。同时他也在寻找能够与自己声气相通的知音。然而，这一切都已找不到了。诗由开篇的慷慨激昂，到最后的慨叹感伤，正是诗人一生追求的形象写照，写来沉郁感人。

桃花源诗

嬴氏乱天纪，贤者避其世。
黄绮之商山，伊人亦云逝。
往迹浸复湮，来径遂芜废。
相命肆农耕，日入从所憩。
桑竹垂余荫，菽稷随时艺。
春蚕收长丝，秋熟靡王税。
荒路暧交通，鸡犬互鸣吠。
俎豆犹古法，衣裳无新制。
童孺纵行歌，斑白欢游诣。
草荣识节和，木衰知风厉。
虽无纪历志，四时自成岁。
怡然有余乐，于何劳智慧。
奇踪隐五百，一朝敞神界。
淳薄既异源，旋复还幽蔽。
借问游方士，焉测尘嚣外。
愿言蹑清风，高举寻吾契。

桃花源诗 诗意图　苗重安 绘

题解

《桃花源诗》前面还有一篇记，即脍炙人口的《桃花源记》。这一诗一记，都影响深远，历代追慕怀想者甚多。早在唐代，就有王维《桃源行》、韩愈《桃源图》、刘禹锡《桃源行》，皆在题咏之中有所评论。宋代有王安石《桃源行》、苏轼《和桃花源诗》、汪藻《桃源行》等。元代有赵孟頫《题桃源图》、王恽《题桃源图后》等。文人竞相推崇，使桃花源的故事日益深入人心。考察桃花源位置的、考证其故事来源的、考论其文章寓意的历代著论，不胜枚举。

《桃花源记并诗》，一诗一文，共同记述了一个千古奇梦。这一仙境乃渔人偶然发现，且不可再觅，所谓“一朝敞神界”、“旋复还幽蔽”。与一般的仙界故事不同之处在于，桃花源里的人并非长生不死的神仙，也没有什么特异之处，而只是普通人，因避秦时乱而来此绝境，遂与世人隔绝。桃花源中人的衣着、习俗、耕作，都与外面没有多大区别，但其淳厚古朴又远胜世俗。诗人藉此以寄托理想，他关心的是广大民众的普遍幸福。

为方便对照理解此诗，下面录《桃花源记》全文：

晋太元中，武陵人捕鱼为业，缘溪行，忘路之远近。忽逢桃花林，夹岸数百步，中无杂树，芳草鲜美，落英缤纷。渔人甚异之，复前行，欲穷其林。林尽水源，便得一山。山有小口，仿佛若有光。便舍船，从口入。初极狭，才通人，复行数十步，豁然开朗。土地平旷，屋舍俨然，有良田美池桑竹之属。阡陌交通，鸡犬相闻。其中往来种作，男女衣著，悉如外人。黄发垂髫，并怡然自乐。见渔人，乃大惊，问所从来，具答之。便要还家，设酒杀鸡作食。村中闻有此人，咸来问讯，自云先世避秦时乱，率妻子邑人来此绝境，不复出焉，遂与外人间隔。问今是何世，乃不知有汉，无论魏晋。此人一一为具言所闻，皆叹惋。余人各复延至其家，皆出酒食。停数日，辞去。此中人语云：“不足为外人道也。”既出，得其船，便扶向路，处处志之。及郡下，诣太守说如此。太守即遣人随其往，寻向所志，遂迷不复得路。南阳刘子骥，高尚士也，闻之，欣然规往。未果，寻病终。后遂无问津者。

【句解】

嬴氏乱天纪，贤者避其世

“嬴氏”，指秦始皇嬴政。自从秦始皇悖逆天道，贤者便纷纷避世隐居。《桃花源记》是从屋舍良田写入桃花源，《诗》则从历史根源写入，但都说明桃花源并不是仙界。

“天纪”，天道，上天的律条。“贤者避世”语出《论语·宪问》：“子曰：贤者辟世，其次辟地，其次辟色，其次辟言。”说的是礼崩乐坏的时代，贤者以各种方式躲避。

黄绮之商山，伊人亦云逝

“黄绮”，指夏黄公、绮里季，二人与东园公、甪里先生于秦末隐于商山，合称“商山四皓”。就在那时候，桃花源居民的祖先也离开了纷乱的人世隐居起来。“伊人”，指桃花源中人。

往迹浸复湮，来径遂芜废

初来桃源的足迹渐渐湮没，那道路也渐渐地荒芜消失。“往迹”与“来径”在这里互文见义。与《桃花源记》中“不复出焉，遂与外人间隔”之语相比较，这两句诗尤具岁月绵邈、桃源渺茫之慨。

相命肆农耕，日入从所憩

此句以下正面展开桃源世界，揭示其种种文化特质。

桃源人相互勉励努力耕种，他们日出而作，日落各归所居休息，耕田而食。此二句暗用《击壤歌》。“肆”，致力。

桑竹垂余荫，菽稷随时艺

桑树竹林犹自垂荫，菽稷五谷能够及时播种。这暗示着没有横征暴敛、徭役、战乱的干扰。“五亩之宅，树之以桑，五十者可以衣帛矣”，“不违农时，谷不可胜食也”，古人的理想，都在桃花源里实现了。

春蚕收长丝，秋熟靡王税

春收蚕丝，秋收粮食，没有官府征税，桃花源是没有君王、没有压迫、没有剥削的社会。

荒路暧交通，鸡犬互鸣吠

荒路被草木掩蔽，与外界的交通被阻隔。至于桃源人之间，却是常来常往，交情至为淳厚。上文“相命肆农耕”，下文“斑白欢游诣”可证。鸡鸣犬吠，其声互答，暗示着人与人之间的融洽友好。

俎豆犹古法，衣裳无新制

“俎豆”是古代祭祀时所用礼器，“新制”即新样式。晋宋时上流贵族多更改衣饰样式，以奇装异服为时尚。而在桃花源里，礼制、穿着都保持古风，这意味着古老的美德得以保存。这里说的是桃源的民俗文化特质。

童孺纵行歌，斑白欢游诣

在这里，孩子们天真活泼地唱着歌，头发斑白的老人们也悠然自得地往来游玩，其乐融融。岂止是“斑白者不负戴于道路矣”，连古人所理想的“幼有所长，老有所终”，在这里全部都实现了。从中可见出桃源道德文化的特质。

草荣识节和，木衰知风厉。虽无纪历志，四时自成岁

一切都显得如此自然和谐。桃源人只是从草木的茂盛或凋谢来得知春秋季节的变化。虽说没有岁历的推算记载，而一年四季是清楚的。四时的变化只通过自然的风霜雨露来推知，没有任何人为的智巧，这正是古人理想中“使人结绳而用之”、朴素自然的社会。“草荣”二句互文。“四时自成岁”一句，取《论语·阳货》“四时行焉，百物生焉，天何言哉”之意。“厉”，烈；“纪历志”，历书。

怡然有余乐，于何劳智慧

简朴的生活是快乐有余的，哪里还用得上什么智巧呢？智巧尚且不存在，欺诈权谋就更谈不上。这是典型的老庄哲学，《老子》说“智慧出，有大伪”，《庄子·缮性》称“人虽有知，无所用之”，认为人的机巧、智慧带来虚伪，而以不需要机巧、智慧的古朴生活为理想生活。由“俎豆犹古法”说到“于何劳智慧”，表明桃源的文化乃是道德与自然兼尚，二者并行不悖。

奇踪隐五百，一朝敞神界

从秦末至晋太元年间，约五百几十年，“五百”是取其整数。桃源的奇迹一直隐没了数百年，今日终于向世人显露了它宛如仙界的面目。

淳薄既异源，旋复还幽蔽

桃源风俗淳厚，而世间风俗浇薄，道不同又何能相谋？所以桃源只能显露一下便又深深地隐蔽起来。“异源”二字揭示了桃源与外面的世俗社会在文化根源上的本质差异。“薄”字则是对现实社会的根本批判。“旋”，不久。

借问游方士，焉测尘嚣外

“游方士”，游于方内之士，指世俗中人。试问世人，你又如何能测知那尘世以外的世界呢？不能的。因为这是两个完全不同的世界。这也正是《桃花源记》所说“遂迷，不复得路”，“后遂无问津者”的隐义所在。

愿言蹑清风，高举寻吾契

我多么希望能乘着一股清风，高飞远举，去寻找那些和我志趣相投的人们啊。诗人自我形象在最后出现，是他真性情的自然呈露。“契”，志意相投的人。

评解

桃花源是一个美好的梦，一个美好的理想。这个梦境、理想的产生，既与陶渊明生活的那个动荡的时代有关，也和中国古代较为发达的农业经济这一基本生产方式有关。更重要的是，这种理想与从《礼记》、老子开始就已存在的“小国寡民”的社会理念有关。《礼记·礼运》已提出“天下为公”，“人不独亲其亲，不独子其子，使老有所终，壮有所用，幼有所长”。陶渊明吸取了《老子》“小国寡民，虽有什佰之器而不用”等思想，而扬弃了其“民至老死不相往来”的消极成分，终于自开一种崭新境界。桃花源理想堪称《礼记·礼运》以降中国文化的一大瑰宝。

《桃花源记》与《桃花源诗》珠联璧合，又相对独立，读来并无重复之感。《桃花源记》以渔人的视角来描述桃源，《桃花源诗》则以诗人自己的视角观照桃源，表达了对桃源世界的认同与追求。《桃花源记》是缘起、记述，《桃花源诗》才是本体、议论，两者结合起来，才是对桃花源的完整描述。这种结构显示了艺术上的独创性，对于后世同类文学体裁的创作，比如唐代的元白叙事诗等，具有启发和示范作用。

读《山海经》(其一)

孟夏草木长，绕屋树扶疏。
众鸟欣有托，吾亦爱吾庐。
既耕亦已种，时还读我书。
穷巷隔深辙，颇回故人车。
欢言酌春酒，摘我园中蔬。
微雨从东来，好风与之俱。
泛览周王传，流观山海图。
俯仰终宇宙，不乐复何如。

题解

《山海经》十八卷，多述古代海内外山川异物和神话传说。王充《论衡》和《吴越春秋》都说这书是大禹治水时命伯益记录而成，这种说法不可信。鲁迅则认为是古代的巫书（见《中国小说史略》）。晋郭璞曾为该书作注并题图赞，陶渊明读的“山海图”，就是这种有图赞的《山海经》。

这是陶渊明《读〈山海经〉》组诗的第一首。《读〈山海经〉》“凡十三首，皆记二书（按：指《山海经》和《穆天子传》）所载事物之异。而此发端一篇，特以写幽居自得之趣耳”（元刘履《选诗补注》）。其实，这首诗不仅表现了陶渊明的生活乐趣，还反映了他的读书态度及诗歌创作的艺术造诣。

读《山海经》（其一）诗意图　徐震时 绘

【句解】

孟夏草木长，绕屋树扶疏

孟夏四月，是紧接暮春的时序。“暮春三月，江南草长，杂花生树，群莺乱飞”（丘迟《与陈伯之书》），到四月，树上的杂花虽然没有了，但树木却更加茂密，蔚为绿阴。“扶疏”，树木枝叶纷披、繁茂的样子。诗人的山居之屋笼罩在一片树阴之中，清幽怡人。

众鸟欣有托，吾亦爱吾庐

如此枝繁叶茂，鸟儿们自然乐于在林中筑巢，由此引发了诗人“吾亦爱吾庐”的慨叹。“众鸟欣有托”正是“吾亦爱吾庐”的深刻原因。诗人所“欣”的，不是“吾庐”如何宽大堂皇，而是如晋人张翰所说，“人生贵得适意尔”。“吾亦爱吾庐”，平平常常五个字，却饱含着诗人对自己隐居生活的欣喜之情和与自然融为一体的无穷妙理。诗人推己及物，才会觉得众鸟亦“欣”于“有托”。“众鸟”一句既是客观描述眼前所见，又是借此起兴，还可以视为比喻。

既耕亦已种，时还读我书

诗人用“既”、“已”、“时还”等字眼巧妙地写出如何安排耕种与读书的关系。对田园生活来说，耕种是最重要的，所以要安排在前；身为士人，读书也必不可少，所以其次就要安排读书。耕种之事既毕，便可以找出闲暇来读书了。当然诗人不能把所有的时间都用来读书，这从“时还”二字可以体味得之。然而正是这种偷闲读书的方式，才最有读书的兴味。

穷巷隔深辙，颇回故人车

关于这两句，后世注家有两种完全对立的理解。一种认为这两句是一个意思，“居于僻巷，常使故人回车而去，意谓和世人很少往来”（《魏晋南北朝文学史参考资料》注）；另一种认为两句各为一意，“车大辙深，此穷巷不来贵人。然颇回（召致）故人之驾，欢然酌酒而摘蔬以侑之”（清王士禛《古学千金谱》）。联系下文有待客的描写，而且又有陶渊明的知交颜延之的诗句“林间时宴开，颇回故人车”参证，可见后一种说法比较符合陶渊明的实际生活情况。但无论持哪一种说法，都无害于读者领会陶渊明诗中所表现出来的隐者情怀。

欢言酌春酒，摘我园中蔬

这两句写以时鲜待客的共乐情景，极富田园情趣。

农村仲冬时酿酒，经春始成，称为“春酒”。据说有一次陶渊明自己漉酒（把酒中的酒糟过滤掉），一时找不到过滤的用具，就把头巾摘下来用，用过之后依然戴在头上。享受自己的劳动成果，实在是一件愉快的事。初夏时节，正好开瓮取饮，以春酒待客。既然待客，不可无肴，遂“摘我园中蔬”。四月也正是蔬菜旺季，从园中采摘菜蔬，何等新鲜惬意。此诗中连用好几个“吾”和“我”字，流露出诗人的欢欣喜悦之情。

微雨从东来，好风与之俱

不但人的心情好，天气也是如此宜人：清凉的微风自东而来，还带着湿润的小雨，吹面不寒，润衣不湿，更有助友人对酌之雅兴。“微”、“好”二字互文，即所谓和风细雨。

写“微雨”、“好风”，很容易写成对偶句，而陶渊明偏写成散行，微雨是“从东来”，好风则“与之俱”。这两句“不但兴会绝佳，安顿尤好。如系之‘吾亦爱吾庐’之下，正作两分两搭，局量狭小，虽佳亦不足存”（明王夫之《古诗评选》）。一般的写法，在“吾亦爱吾庐”之下很可能就要紧接着写“微雨”、“好风”如何如何，但诗人偏偏插进了描写人事往来的几句，才看似信手拈来地又接着说“吾庐”之外的风雨，似断实连，仍然是在追求物我一体的意境。

泛览周王传，流观山海图

良辰、美景、乐事俱已写足，诗人的笔又悠然回到“时还读我书”的情境，说自己正读的是《穆天子传》和《山海经》。这也点明了诗题《读〈山海经〉》，可谓曲终奏雅。“周王传”，就是《穆天子传》；“山海图”，即附有图赞的《山海经》。

读书也有完全不同的用意和方式。有人读书是出于现实的功利目的，拼命苦读，甚至像苏秦一样“头悬梁，锥刺股”。而陶渊明又是怎么读书的呢？他曾说自己是“好读书，不求甚解，每有会意，便欣然忘食”（《五柳先生传》），所谓“不求甚解”，就是不陷入繁琐的训诂；所谓“会意”，就是以己意会通书中旨略，强调个人感悟，这与汉儒的章句训诂方法迥异其趣。陶渊明又说自己“少学琴书，偶爱闲静。开卷有得，便欣然忘食”（《与子俨等疏》）、“乐琴书以销忧”（《归去来兮辞》）。他读书是

"泛观"、"流览"，不是刻苦用功地读，而是充分享受读书的乐趣，读得那样开心，以至于"欣然忘食"。而且他又有那样一个自己经营的美妙读书环境：夏日绿荫下的庐室，小鸟在这里筑巢欢唱；劳动之余手捧一两本喜爱的好书，时有会意，那是一种多么美好的享受。

俯仰终宇宙，不乐复何如

《山海经》、《穆天子传》都属神话传说类的著作，其文艺性、可读性很强。顷刻之间已随书中人物出入远古、神游世界，这样的日子当然很快乐。这两句是全诗的总结，所言之"乐"，又不仅限于读书，还包括人生之乐。其中固然不乏后人所谓"布衣暖，菜根香，读书滋味长"的安贫乐道意味，但更重要的是，诗人与自然融为一体，从中得到慰藉和启示，树立了一种乐观的人生态度。

评解

此诗乃陶诗中上乘之作。明代陈继儒认为它甚至比《饮酒》（其五）更自然、更完美："予谓陶渊明诗此篇最佳。咏歌再三，可想陶然之趣。'欲辨忘言'（《饮酒》其五）之句，稍涉巧，不必愈此。"（《陶诗汇评》引）这首诗物我情融，最能体现陶诗特有的意境。草有情、树有情，鸟儿有情、屋室有情，雨也有情、风也有情。在这处处有情的世界里，有田可耕，有书可读，有酒可饮，有蔬可摘，摆脱了世俗的干扰和烦恼，诗人的感情得到了安慰，他的精神找到了寄托。在写法上，此诗自然淡雅，也最能体现陶诗语言特色，故清代温汝能《陶集汇评》有云："此篇是渊明偶有所得，自然流出，所谓不见斧凿痕也。大约诗之妙以自然为造极。陶诗率近自然，而此首更令人不可思议，神妙极矣。"

读《山海经》（其十）

精卫衔微木，将以填沧海。
刑天舞干戚，猛志固常在。
同物既无虑，化去不复悔。
徒设在昔心，良晨讵可待！

题解

这是《读〈山海经〉》组诗十三首中的第十首。这首诗赞叹神话中的精卫、刑天，体现了陶诗反抗精神的一面，鲁迅称之为“金刚怒目式”（《且介亭杂文二集·题未定草六》）。

读《山海经》（其十）诗意图　程助 绘

【句解】

精卫衔微木，将以填沧海

小小的精卫鸟，为报复东海将自己溺死之仇，竟日夜不停地衔起细微之木，立志要把那浩瀚的大海填平。

起笔两句概括精卫填海的神话故事，简练而传神。“精卫”，传说是炎帝的小女儿，据《山海经·北山经》记载：“发鸠之山，其上多柘木。有鸟焉，其状如乌，文首、白喙、赤足，名曰精卫，其鸣自詨。是炎帝之少女，名曰女娃。女娃游于东海，溺而不返，故为精卫。常衔西山之木石，以堙于东海。”“衔”字为《山海经》原文所有，“微”字则出于诗人的想像，两字皆传神之笔，“微木”与“沧海”对举，形成强烈对照，两者力量对比越是悬殊，精卫复仇越艰难、不易，越是能突出精卫决心之大、意志之顽强。诗人被深深感动了：这种看起来不可能做到的事情，代表的不正是人类不可被征服的信念吗?

刑天舞干戚，猛志固常在

刑天为报断头之仇，挥舞着斧盾，誓与天帝血战到底。其勇猛凌厉之志，始终存在而不可磨灭。

这两句概括刑天的神话故事。《山海经·海外西经》：“刑天与帝至此争神，帝断其首，葬之常羊之山。乃以乳为目，以脐为口，操干戚以舞。”刑天得罪了天帝，被天帝斩首，但它不肯死去，以胸乳为眼睛，以肚脐为嘴，两手舞着盾和斧，继续和天帝斗争。“干”，盾；“戚”，斧。“刑天舞干戚”，一些版本作“形夭无千岁”，有人认为这是因字形相近而五字皆讹误；也有人认为，《山海经》中的“刑天”应作“形夭”，这句应该是“形夭无干戚”或“形夭舞干戚”。

一般人读《山海经》，也许只看到那些奇禽异兽，觉得好玩。而陶渊明看到的则是精卫、刑天这些坚守自己的意愿、死不罢休的形象。“猛志固常在”既是说刑天，也是说精卫，是对他们不屈精神的高度概括。

同物既无虑，化去不复悔

精卫、刑天生时既无所惧，死后亦无所悔，生死如一。

这是对“猛志固常在”的引申发挥。“同物”，同为有生命之物，指精卫、刑天的原形。“化去”，物化，指精卫、刑天死而化为异物。

徒设在昔心，良晨讵可待

只是精卫、刑天徒存昔日之猛志，而复仇雪恨的时机终究还是未能等到。

至此结句，诗情由万丈豪情转入深沉悲慨，令人且思且叹。猛志常在，固然使人感佩；而良机难待，更使人悲惜。这便有了一种深刻的悲剧精神。其实，即使在《山海经》的神话世界里，精卫、刑天的复仇行为也没有结果，壮志未遂。但是，其反抗精神绝不是没有价值的。诗人将此精神进一步悲剧化，使之倍加深沉、悲壮，这就使此诗闪耀着深切的悲剧之美的光辉。

评解

关于这首诗的意义，曾引发鲁迅与朱光潜的论争。朱光潜倾心于陶渊明的超功利境界："屈原阮籍李白杜甫都不免有些像金刚怒目，愤愤不平的样子，陶潜浑身是'静穆'，所以他伟大。"（《说"曲终人不见，江上数峰青"——答夏丏尊先生》）在他看来，"静穆"之所以伟大，正在于它是超越了"金刚怒目式"的社会主体性而表现出的境界，是当个体与现实保持一定距离时所呈现出的一种独特的诗意气质。德国艺术史家温克尔曼《论古代艺术》曾说："希腊杰作有一种普遍和主要的特点，这便是高贵的单纯和静穆的伟大。"温克尔曼的说法，或许是朱光潜说法的理论渊源。陶渊明其人其诗的"静穆"境界，无疑契合了朱光潜的超功利审美理念。

朱光潜的说法遭到鲁迅批评："除论客所佩服的'悠然见南山'之外，也还有'精卫衔微木，将以填沧海。刑天舞干戚，猛志固常在'之类的'金刚怒目'式，在证明着他并非整天整夜的飘飘然。""历来的伟大的作者，是没有一个'浑身是静穆'的。陶潜正因为并非'浑身是静穆'，所以他伟大。"（《题未定草》）鲁迅这种说法对当代人理解陶诗产生了很大影响。此后，精卫、刑天几乎就成了复仇精神的象征。然而细读全诗，陶诗的重心似乎并不在于颂扬复仇精神，而在于对他们那种不屈却又无望的抗争精神的同情和悲悯。全诗最终还是表现为一种顺应自然的思想。

咏荆轲

燕丹善养士，志在报强嬴。
招集百夫良，岁暮得荆卿。
君子死知己，提剑出燕京。
素骥鸣广陌，慷慨送我行。
雄发指危冠，猛气冲长缨。
饮饯易水上，四座列群英。
渐离击悲筑，宋意唱高声。
萧萧哀风逝，澹澹寒波生。
商音更流涕，羽奏壮士惊。
心知去不归，且有后世名。
登车何时顾，飞盖入秦庭。
凌厉越万里，逶迤过千城。
图穷事自至，豪主正怔营。
惜哉剑术疏，奇功遂不成。
其人虽已没，千载有余情。

咏荆轲 诗意图 马援 绘

题解

荆轲，战国末刺客，自齐入燕，燕人称之荆卿。好击剑，与市中狗屠及善击筑者高渐离交好。燕太子丹曾召见他，待以上宾之礼。后来荆轲答应太子丹要求，决计赴秦劫持秦王。临行，众宾客皆白衣素冠，于易水旁为他饯别。荆轲至秦，事败被杀。详见《战国策·燕策》、《史记·刺客列传》等。姑且不论作为一个历史人物的荆轲应当如何评价，作为一个艺术形象，荆轲无疑是感人至深的。

三国王粲、阮瑀，晋左思等人都写过咏荆轲的《咏史》诗。在以荆轲为对象的咏史诗中，陶渊明这首是比较出色的。它取材于上述史料，但并不是完整复述荆轲的一生及刺秦经过，而是在把握荆轲那种不畏强暴、视死如归的精神的基础上，将重点放在易水送别这一最具悲壮感的场面上（这也是《史记》荆轲传记中最精彩之处）。

【句解】

燕丹善养士，志在报强嬴。招集百夫良，岁暮得荆卿

开首四句从燕太子丹养士报秦引出荆轲，概括了荆轲入燕，太子丹谋于太傅鞠武、鞠武荐田光、田光荐荆轲，太子丹结识荆轲、奉为“上卿”等经过。而且此诗一开始便将荆轲置于燕、秦尖锐矛盾的风口浪尖之上，因为这个人物是最出众、最雄猛的勇士，于是他自然成了处于弱势的燕国希望之所在。故事的背景、人物肩负的重任，都已点明，而矛盾的发展、人物的命运等悬念，也同时紧紧抓住了读者的心。“报”，报复、报仇。“百夫良”，超越百人的勇士。

君子死知己，提剑出燕京

荆轲出燕，史书中记其临行前，等待与其同行的助手，而“太子迟之，疑其改悔”，于是荆轲怒叱太子，而且一怒之下，带着并不中用的秦舞阳同行，为后来的行事埋下隐患。诗中略去这一情节，而直接写荆轲为报太子丹知遇之恩而慨然出行。这样描写，一方面与上文“善养士”相呼应，使得内容和谐统一，一气贯注，另一方面也使得诗句笔墨集中，结构浑成。一“死”一“出”，何其简练，而“士为知己者死”的一腔豪气也喷之欲出。

素骥鸣广陌，慷慨送我行

“素骥”，白马；“广陌”，大道。《史记》写易水饯别：“遂发，太子及宾客知其事者，皆白衣冠以送之……”白衣冠是丧服。在诗人笔下，连马也是一身素白，并且白马似乎也通人情，在大道边声声嘶叫，为荆轲送行。马犹如此，送行的人就自不待言了。诗的情调一下子激昂起来，其慷慨悲凉之情催人泪下。

雄发指危冠，猛气冲长缨

头发直竖，指向高高的帽子，即所谓“怒发冲冠”；雄猛之气，直冲长飘的冠带。“危冠”，高冠。虽是夸张笔法，却因其情真意足而显得贴切自然。正是在这种气氛中，酝酿、展开了易水饯别这激昂悲壮的一幕。

饮饯易水上，四座列群英

以下十句对易水饯别这一场景集中刻画。燕国豪杰都列坐在饯席之上，英雄齐聚，可见荆轲其人和此次行动在人们心目中的地位。

渐离击悲筑，宋意唱高声

荆轲的好友高渐离击筑奏乐，那筑声是悲凉的，寄托了依依惜别的感情。太子丹的门客、燕国勇士宋意也慷慨高歌，高昂的歌声鼓舞了英雄的壮怀。千般万种情意，都随这乐声、歌声飘悠回荡在易水河的上空。

“筑”，古代击弦乐器，形似筝，颈细而肩圆；演奏时以左手握持，右手以竹尺击弦发音。

萧萧哀风逝，澹澹寒波生

萧萧秋风，带着悲哀和寒意一阵阵从易水上吹过，河水泛起寒波，大自然仿佛也呈现出一派悲凉情调。这已经是秋天时节，“悲哉，秋之为气也，草木兮摇落而变衰”，情景相生，更添人黯然销魂的别愁离恨。“萧萧”，风声。“澹澹”，水波涌起的样子；“寒波”，秋冬季节的水波。

商音更流涕，羽奏壮士惊

高渐离的筑声时起时伏，低沉时，如泣如诉，使人感动得流泪；高昂激扬时，甚至震动了壮士的胸怀，令人心惊。寒风哀水，击筑高歌，声色俱现。送者、行者无不热血沸腾，慷慨流涕，有力地烘托出荆轲深沉而豪迈的感情。“商”、“羽”均为古乐五音之一，商声凄凉，羽音激昂。

《水经注》中的一段记载可与诗中所写相对照：“荆轲歌，高渐离击筑，宋意和之，为壮声，士发皆冲冠；为哀声，士皆垂涕泣。又前而歌曰：

‘风萧萧兮易水寒，壮士一去兮不复还。’复为羽声慷慨，士皆瞋目，发尽上指冠。于是荆轲就车而去，终已不顾。”

心知去不归，且有后世名

又一笔折到行者荆轲。他心中知道这一去不可能再回来，就权且得到一份传扬后世的声名吧。这道出了行者的决心，写出了他的气概。

登车何时顾，飞盖入秦庭

还等什么呢？登车而去，义无反顾，飞车入秦。上述的决死之心与一往无前的气概，这里再从行动上加以具体表现。一个“飞”字，形象地刻划出荆轲从容赴难的神情和风貌。“盖”，车盖，代指车。

凌厉越万里，逶迤过千城

“凌厉”，奋起直前的样子。“逶迤”，曲折前进。这二句互文见义。在诗人的笔下，荆轲入秦的行踪好似一连串快速闪过的镜头，使人物迅速逼近秦庭，也把情节推向高潮，扣人心弦。

图穷事自至，豪主正怔营

诗中以大量笔墨写出燕入秦，铺叙得淋漓尽致，而写到行刺失败，则惜墨如金，只此二句。前一句洗练地交代了荆轲在所献地图中藏匕首以行刺秦王的计谋，同时也宣告了高潮的到来；后一句只写秦王慌张惊恐的神态，侧面烘托荆轲之果敢威猛。而对荆轲被秦王左右击杀等情景，诗中则只字不提。其倾向之鲜明、爱憎之强烈，都在不言之中。“豪主”，指秦王；“怔营”，惶恐不安的样子。

惜哉剑术疏，奇功遂不成。其人虽已殁，千载有余情

可惜啊，荆轲的剑术粗疏不精，使得奇功不能建立。然而，其人虽逝，千载之下却仍然能感到他的无尽豪情。

这四句直接抒情评述，在惋惜与赞叹之中，为这个勇于牺牲、不畏强暴的形象增添了不灭的光辉。正如清人张玉谷所说：“既惜之，复慕之，结得抟捖有力，遂使通首皆振得起。”（《古诗赏析》）

评解

本诗重点表现易水送别，施以浓墨重彩，精心描绘。骏马的嘶鸣、怒发的冲冠、筑声的悲壮、歌声的昂扬，以及易水的风声、波浪，送别时的泪水……

都被用来烘托英雄的悲壮性格。

诗人集中笔墨突出易水送别的场面，因为这一场面能集中表现荆轲的英雄本色，也是塑造他悲壮性格的关键。刺秦失败是客观史实，而易水送别却是在失败与成功尚未分晓之时。荆轲虽然“心知去不归”，意识到失败的可能，但为了完成反抗暴秦的不平凡的事业，依然勇往直前，义无返顾。诗人歌颂荆轲，正如《史记》作者司马迁一样，关注的并不是其成功或失败，而是从肯定这种敢于深入险地反抗强暴、置个人生死于度外的英雄精神出发的。诗中充分运用声音、色彩、景物等多种元素来营造悲壮气氛，烘托人物性格。

有一些人认为，此诗是刘裕篡晋后陶渊明思欲报仇之作。这种说法不无牵强。读这样的作品，与其去猜这样那样的哑谜，不如就从文本出发，欣赏它所表现出的气度、笔力。陶诗的风格一向被认为是平淡的，但这首诗则表现出了一种豪放之气。宋人朱熹说：“渊明诗，人皆说平淡，余看他自豪放，但豪放得来不觉耳。其露出本相者，是《咏荆轲》一篇。平淡底人如何说得这样语言出来。”（《朱子语类》）他的看法是很有道理的。陶渊明在《读〈山海经〉》诗中歌颂精卫、刑天、夸父等人的“宏志”，并且疾呼：“明明上天鉴，为恶不可履。”其间奔流着汪洋浩荡的一腔豪气。清人龚自珍对陶渊明金刚怒目的一面有深切的体会，曾写诗慨叹：“陶潜诗喜说荆轲，想见《停云》发浩歌。吟到恩仇心事涌，江湖侠骨恐无多。”（《己亥杂诗·舟中读陶诗》）

乞食

饥来驱我去，不知竟何之。
行行至斯里，叩门拙言辞。
主人解余意，遗赠岂虚来？
谈谐终日夕，觞至辄倾杯。
情欣新知欢，言咏遂赋诗。
感子漂母惠，愧我非韩才。
衔戢知何谢，冥报以相贻。

题解

陶渊明《有会而作》序：“旧谷既没，新谷未登。颇为老农，而值年灾。日月尚悠，为患未已。”此诗与《有会而作》当为同年所作，时间是宋文帝元嘉三年（426），即诗人去世的前一年。据《南史·宋本纪》，元嘉三年秋“旱且蝗”，造成饥荒。诗人暮年饱受贫病折磨，向人乞贷，该人不但满足他的要求，且殷勤留饮，欢谈终日，诗人感激而写下此诗。

乞食 诗意图 汪国新 绘

【句解】

饥来驱我去，不知竟何之

起二句描摹诗人为饥饿所迫出门乞食的情状，其痛苦情形和茫然心态跃然纸上，令人心酸凄楚。一“来”一“去”，妙合无垠；而“驱”字则写尽其迫不得已之状。饿得神情恍惚的诗人，自己也不知道该向何处去才是。一个“竟”字，透露出反覆思忖的心态，既见得当时农村普遍凋敝，告贷几乎无门；亦见得诗人对于所求之人，终究有所选择。

陶渊明归耕之后备尝生活的艰辛，常有忍冻挨饿之虞，晚年尤甚，《有会而作》云：“弱年逢家乏，老至更长饥。”然而，他是固穷之士，并不因此而转移志向。据萧统《陶渊明传》载，江州刺史檀道济“馈以粱肉，（渊明）麾而去之”，那也是这一年（426）的事情。贫病转剧而犹能如此，更可见诗人固穷守节之心。也因此，即便是乞食，他仍然有所选择，终究是有所为而有所不为的。

行行至斯里，叩门拙言辞

走啊走，不知不觉走到了这个村庄。虽然有点“不知竟何之”的茫然，但下意识里，诗人终究还是有目标的。这一家的主人，当然是陶渊明认为可以提出借贷要求的人。尽管如此，敲开门后，他还是口讷言拙，不知该说些什么。对于诗人这样一个持身高洁的士人来说，乞食毕竟还是羞于启齿的事情。没有真实的生活体验，这种情形很难想象得来。“里”，古代五家为邻，五邻为里。

主人解余意，遗赠岂虚来

还好主人一看我那面有饥色的样子，很快就明白了我的来意，立即拿出粮食相赠，使我不虚此行。诗人这一番自述，表现出选对了乞贷对象的欣慰之意，诗情也由痛苦茫然一变而为欣喜感激。

谈谐终日夕，觞至辄倾杯

主人不仅急人之急，而且善解人意。他殷勤地挽留诗人坐下相谈，宾主越谈越相投，不觉已是黄昏，主人表示何不留下来一起吃饭呢？酒菜摆出，谈兴正浓的诗人已经无拘无束，性本爱酒的他端起酒杯便开怀畅饮。诗中洋溢着人情的淳朴、温暖，虽然是乞食，仍让人感觉到人性的美好。比起杜甫“朝扣富儿门，暮随肥马尘。残杯与冷炙，到处潜悲辛”的生活，陶渊明也许还是幸运的。“谈谐”，谈话融洽欢快。“觞”，酒杯。

情欣新知欢，言咏遂赋诗

诗人为结识这样的新交而真心欢喜，情之所至，于是赋诗相赠。本为乞食而来，最终却留饮赋诗而去，何其高雅；这位主人无须诗人出言而已知其来意，非但“遗赠”，且又“谈谐终日”，何等体贴。两人虽是新交，但诗人肯定也心知其人亦是一雅士，所以才会“行行至斯里”，留下这一段佳话。

感子漂母惠，愧我非韩才

诗人最后正面表达感激之情。这两句用《史记·淮阴侯列传》的典故，韩信没有发迹时很穷，饿得受不了，到河边钓鱼，有一位漂母（洗衣物的老妇）怜悯他，给他饭吃，韩信对漂母说：“吾必有以重报母。”后来他被封为楚王，“召所从食漂母，赐千金”。诗人借用这一典故，对主人表示：感谢您深似漂母的恩惠，惭愧的是我没有韩信那样的才能，难以报答您。

衔戢知何谢，冥报以相贻

“衔戢”，深藏于心。“冥报”，死后报答。您的恩惠我永远珍藏于心，今生不知如何才能答谢，也许只有等来世才能报答您了。以“冥报”相许，足见主人之仁心厚意使诗人深受感动。

评解

此诗借乞食这样很难措辞的独特行为，写出了淳朴的乡间伦理。诗篇语言朴实无华，却蕴含着人性的光辉。急人之急，施恩不图回报；受人滴水之恩，当以涌泉相报。诗中反映的这两种高尚人格，是中华民族的传统美德。此诗的启示意义，已超越了乞食之事。

拟挽歌辞（其三）

荒草何茫茫，白杨亦萧萧。
严霜九月中，送我出远郊。
四面无人居，高坟正嶕峣。
马为仰天鸣，风为自萧条。
幽室一已闭，千年不复朝。
千年不复朝，贤达无奈何！
向来相送人，各自还其家。
亲戚或余悲，他人亦已歌。
死去何所道，托体同山阿。

题解

《拟挽歌辞》共三首，这是其中的第三首。《文选》只收录此首，题《挽歌诗》。“挽歌”是古代用于丧葬的歌。此首通篇写送殡下葬的过程。

陶渊明究竟只活了五十几岁（梁启超、古直两家之说），还是活到了六十三岁（《宋书》本传及颜延之《陶征士诔》等的说法），至今学界尚争议不休。因此，这组诗是否系临终前绝笔，也就有了分歧意见。近人逯钦

拟挽歌辞（其三） 诗意图 汪国新 绘

立《陶渊明事迹诗文系年》持非临终绝笔说，认为陶活了六十三岁，而在五十一岁时大病几乎死去，《拟挽歌辞》就是这时写的。此说影响较大。

魏晋文人有自挽习气，就是替自己写挽歌，并且不一定要到临终时写。元代李公焕引赵泉山之语：“晋桓伊善挽歌，庾晞亦喜为挽歌，每自摇大铃为唱，使左右齐和。袁山松遇出游，则好令左右作挽歌。类皆一时名流达士，习尚如此。非如今之人，例以为悼亡之语而恶言之也。”（《笺注陶渊明集》）袁山松事也见于《世说新语·任诞》：“张湛好于斋前种松柏。时袁山松出游，每好令左右作挽歌。时人谓‘张屋下陈尸，袁道上行殡’。”陶渊明为自己写挽歌辞，既是这种名士行径的流风遗响，也是出于他对生死问题的严肃考虑。

【句解】

荒草何茫茫，白杨亦萧萧

《拟挽歌辞》三首前后衔接，用的是不明显的顶针续麻手法。第二首临结尾说：“昔在高堂寝，今宿荒草乡。荒草无人眠，极视正茫茫。”此篇即从“荒草”写起。茫茫荒草，萧萧白杨，点出墓地的背景，烘托出下文所写凄惨气氛。

严霜九月中，送我出远郊

“严霜”，寒霜。此句点明季节，并写送葬情状。

四面无人居，高坟正嶕峣

“嶕峣蕉”，高耸的样子。在那荒郊野外，四处都没有人居住，只有一座座坟墓高高耸立。这两句写墓地实况，说明自己死后，也只能与鬼为邻了。

马为仰天鸣，风为自萧条

这悲凄景象仿佛使马匹都受到感染，它们仰天悲鸣不已。秋风更是吹得萧萧索索。一句写“马”，一句写“风”，把送葬沿途景物都描绘出来，虽仅点到为止，却历历如画。

幽室一已闭，千年不复朝

诗人完全沉浸在自己营造的悲哀氛围之中，不禁浮想联翩。墓室一闭，人鬼殊途，从此再也不会有阳光灿烂的早晨了。这与第二首结尾两句“一朝出门去，归来良未央”相呼应。

千年不复朝，贤达无奈何

以上还只是写殡葬时的种种现象。作者接着把“千年”句重复一次，点出“贤达无奈何”这一层意思，把他所关注的生死观正面表达出来。不论怎样旷达的贤士达人，对有生必有死的自然规律也无能为力。但他这样说，并非抱着消极的想法，而是因为他勘得破、看得透这一终极问题。

向来相送人，各自还其家

“向来”，刚才。刚才来送殡的人，一俟棺入墓穴，幽室永闭，便自然而然纷纷散去，各自回家。这与第二首结尾写死者永不能回家（“归来良未央”）又遥相对照。

亲戚或余悲，他人亦已歌

家人亲眷，因为与自己的关系比较亲密，想到死者可能还会有点儿难过；而那些关系并不直接、并不亲密的人，则很快把死者忘掉，该干什么就干什么去了。这两句是识透人生真谛后的感慨。《论语·述而》：“子于是日哭，则不歌。”孔子某一天如果参加了别人的丧礼，为悼念死者哭泣过，那么他这一天都不会再唱歌。孔子这样做，是一个有教养的人诉诸理性的表现。如果是一般的人，为人送葬不过是礼节性的周旋应酬，从感情上说，本没有什么悲伤，只要葬礼一完，自然可以唱歌或做其它事情。陶渊明对这种人情世俗已看透、想通，于是反用《论语》之意，直截了当地把一般人的想法和表现都如实写了出来，捅破了这层窗纸。这才是作者思想上真正达观而毫无矫饰的地方。陶之可贵处正在于此。

死去何所道，托体同山阿

人死之后还有什么可说的呢？不过是将自己的尸体托付给大自然，同山丘的泥土一样，慢慢地化作尘埃。在佛教轮回观念大为流行的晋宋之交，陶渊明这样朴素达观的人生观确实难能可贵。他是真正能勘破生死关者，一再宣称“聊乘化以归尽，乐夫天命复奚疑”（《归去来兮辞》）、“纵浪大化中，不喜亦不惧。应尽便须尽，无复独多虑”（《形影神·神释》），该死的时候就任其死去好了，何必再多所顾虑。诗人将无限的感伤归结为一种唯物、达观的态度。当然谁也不知道，他是否真的能从这沉重的生死问题中解脱出来。

评解

《拟挽歌辞》三首全是设想之辞，或设想自己死后的情况与心情，或以第三者眼光观察死后的自己以及周围的人事，而自身这一主体反而客观化，构思巧妙之极。此首写送殡与埋葬，着重想像自己被埋葬后独宿荒郊之寂寞。诗后六句观察人情世态透彻，笔墨冷峻、率直、深刻。艺术上的创新又以思想上的洞明透彻为基础，遂出现这样新奇而又真实、既现实又浪漫的作品来。